# キーワードで味わう 平安時代

人物＆できごとガイドつき
常識事典

著　荻野文子

Gakken

# はじめに

本書は、１９９５年の初版発刊時から、多くの高校生や大学受験生を虜《とりこ》にしてきた古文参考書『マドンナ古文常識217』を一般読者向けに加筆・再編集し、リニューアルしたものです。

２０２４年大河ドラマをはじめ、平安時代を舞台にした作品は、文学、漫画、映画など現代にも多数あります。また、『源氏物語《げんじものがたり》』や『枕草子《まくらのそうし》』などの古典文学作品の数々は、千年後の現代に生きる私たちが読んでもなお、はっとしたり、心打たれたりするふしぎな魅力を持っています。

大人になった今こそ、そんな魅力あふれる平安文学の世界をゆっくりと愉《たの》しんでみたい——そんな方々のために、本書は発刊しました。

千年前と今とでは、生活・風習・ものの考え方は大いに異なります。ひとたびその違いを知ると、意外すぎて驚くことや、平安の貴族社会ならではの風流さに、胸がときめくこともあるかもしれません。雅《みやび》な平安の言葉の海へ漕ぎ出すような、そんな素敵な学びのひとときに、お役立ていただけたら幸いです。

Ｇａｋｋｅｎ編集部

## もくじ

## ◆参考文献


「摂関政治」歴史新書〈日本史〉4　阿部猛著（教育社）

「受領」歴史新書〈日本史〉10　森田悌著（教育社）

「王朝の貴族」日本の歴史5　土田直鎮著（中央公論社）

「日本婚姻史」日本歴史新書　高群逸枝著（至文堂）

「平安貴族の生活」　有精堂編集部編（有精堂）

「平安朝の生活と文学」　池田亀鑑著（角川書店）

「歴代天皇と皇妃たち」　横尾豊著（柏書房）


## ◆本書の表記

原則として見出し語は旧（歴史的）かなづかいで表記し、ふりがなは新（現代）かなづかいで表記しています。ただし、見出し語のひらがな部分へのふりがなは省略しています。

例「逢《あ》ふ」→読み方「あう」

「相添《あいぞ》ひ」→読み方「あいぞい」

「方違《かたたが》へ」→読み方「かたたがえ」

# 平安時代の人物ガイド

さまざまな平安文学によく登場する有名人を列挙しておきます。各人物の立場や特徴を知っていると、平安を舞台にした作品をもっと楽しめます。

女性の名前の読みについては、資料による正確な根拠が得られないため、音訓両読みを併記しています。

## 藤原氏に関連する人物・藤原氏を中心とした関係図

- 血族・主従を理解しておくべき人物に限る
- ←▢は出仕した著名な女房
- 人物名に付した数字は説明文の通し番号

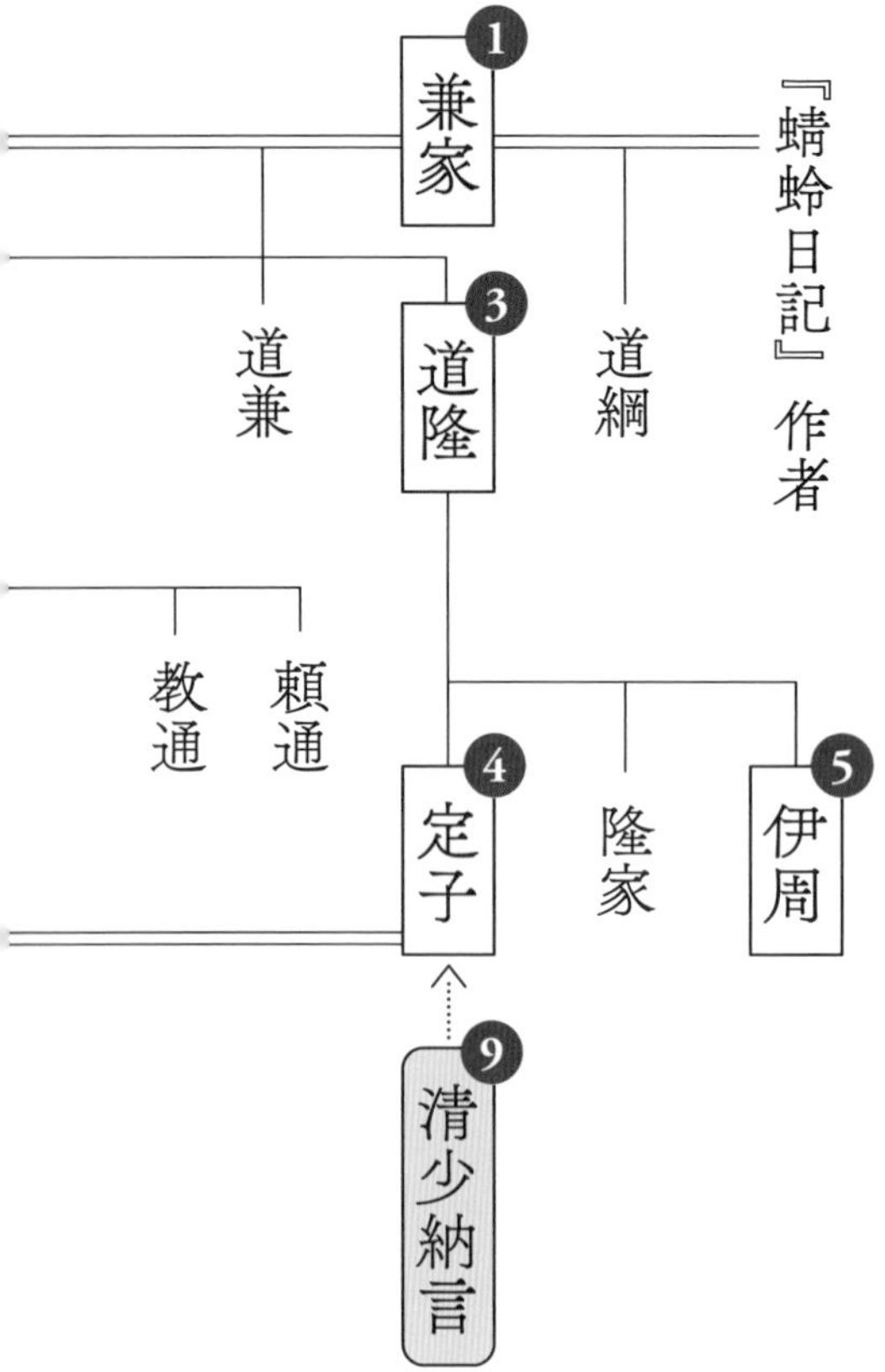

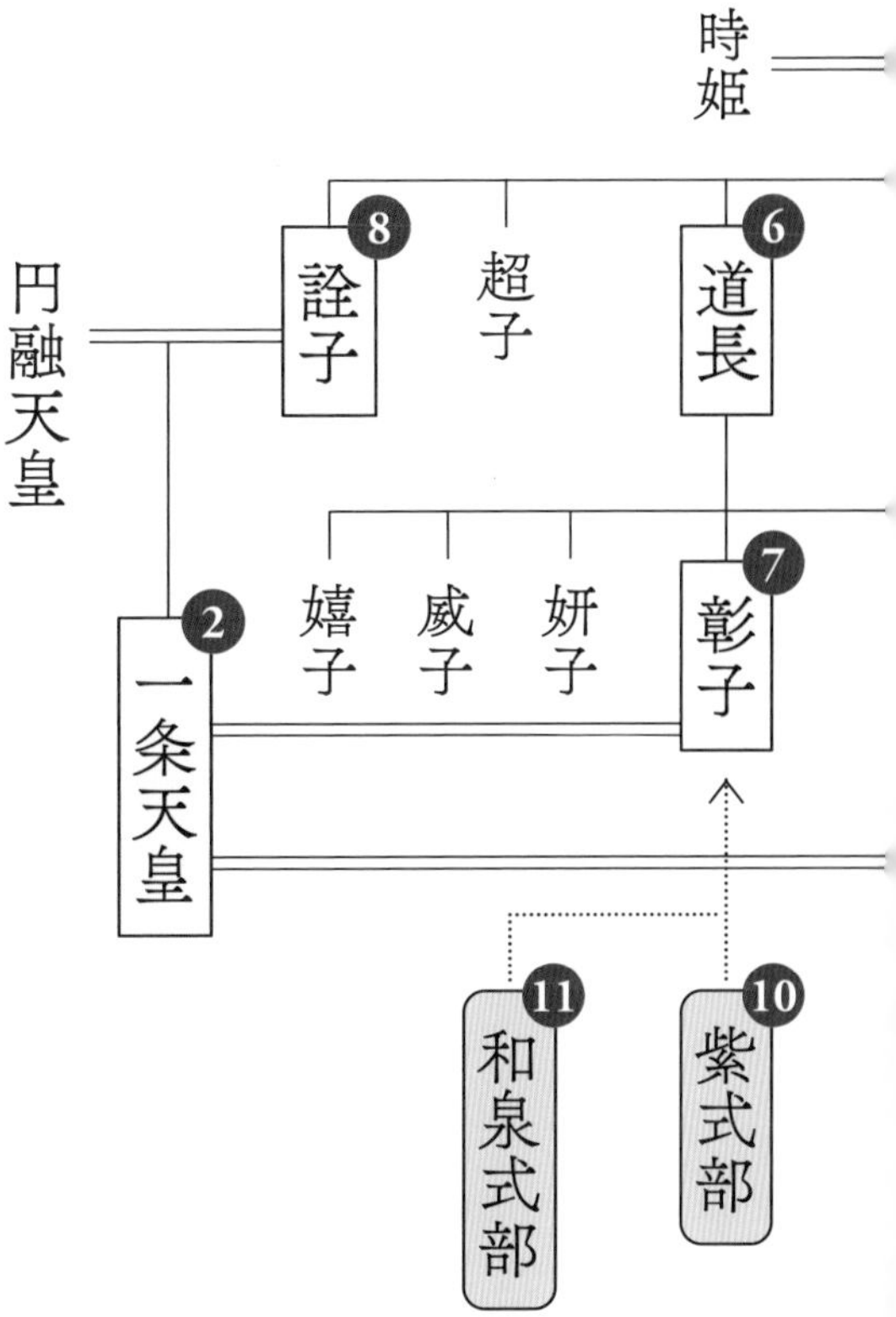


## ❶ 藤原兼家《ふじわらのかねいえ》

花山《かざん》天皇を退位させ、娘の詮子《せんし》《あきこ》が生んだ皇子《おうじ》を一条《いちじょう》天皇として擁立、自ら摂政《せっしょう》・関白《かんぱく》として外戚《がいせき》政治をする。第一夫人（時姫《ときひめ》）との間《あいだ》にもうけた息子に藤原道隆《みちたか》・道兼《みちかね》・道長《みちなが》がいる。第二夫人は『蜻蛉《かげろう》日記』の作者で藤原道綱《みちつな》の母。

## ❷ 一条《いちじょう》天皇

『枕草子《まくらのそうし》』『紫式部日記《むらさきしきぶにっき》』などに登場する天皇。皇后（定子《ていし》《さだこ》）・中宮《ちゅうぐう》（彰子《しょうし》《あきこ》）のふたりの后《きさき》を初めて並立させる。

## ❸ 藤原道隆《ふじわらのみちたか》

兼家《かねいえ》の長男。中宮《ちゅうぐう》定子（のち皇后）の父。兼家のあとを継いで関白《かんぱく》となる。『枕草子《まくらのそうし》』に登場する関白。

### ❹ 中宮《ちゅうぐう》定子《ていし》《さだこ》

道隆《みちたか》の娘。一条《いちじょう》天皇の中宮（のちに皇后）となる。清少納言《せいしょうなごん》が仕《つか》えた。『枕草子《まくらのそうし》』に登場する中宮はこの人。

### ❺ 藤原伊周《ふじわらのこれちか》

道隆《みちたか》の息子。中宮定子《ちゅうぐう》（のち皇后）の兄。関白《かんぱく》の地位をめぐって叔父《おじ》の道長《みちなが》と争い、失脚する。

### ❻ 藤原道長《ふじわらのみちなが》

兼家《かねいえ》の息子。『枕草子《まくらのそうし》』『紫式部《むらさきしきぶ》日記』『栄花《えいが》物語』『大鏡《おおかがみ》』など多くの作品に登場する。兄の道隆《みちたか》・道兼《みちかね》が死去したあと、関白《かんぱく》の地位をめぐり伊周《これちか》と争う。伊周を失脚させ、内覧《ないらん》（関白に準ずる役職）となり、のちに摂政《せっしょう》となる。娘の彰子を一条《いちじょう》天皇の中宮《ちゅうぐう》にし、前代《ぜんだい》未聞《みもん》の二后《にこう》並立《へいりつ》を実現させる。他の娘もつぎつぎと歴代の天皇の后《きさき》とし、長きにわたって藤原摂関《せっかん》全盛期を築く。のちに出家し、「入道《にゅうどう》殿《どの》」「御堂関白《みどうかんぱく》」と呼ばれる。

### ❼ 中宮《ちゅうぐう》彰子《しょうし》《あきこ》

道長《みちなが》の娘。一条《いちじょう》天皇の中宮。紫式部《むらさきしきぶ》が仕《つか》えた。『紫式部日記』に登場する中宮。

### ❽ 女院《にょういん》詮子《せんし》《あきこ》

兼家《かねいえ》の娘。道隆《みちたか》・道兼《みちかね》の妹、道長《みちなが》の姉。一条《いちじょう》天皇の母で、女院の権限を持つ。道長《みちなが》と伊周《これちか》の関白《かんぱく》争いのときに、息子である一条天皇に泣きついて、強引に道長を内覧《ないらん》（関白に準ずる役職）にさせた。

### ❾ 清少納言《せいしょうなごん》

『枕草子《まくらのそうし》』の作者。中宮《ちゅうぐう》定子（のち皇后）に仕《つか》えた女房《にょうぼう》。歌人清原《きよはらの》元輔《もとすけ》の娘。

### ❿ 紫式部《むらさきしきぶ》

『源氏《げんじ》物語』『紫式部日記』の作者。中宮《ちゅうぐう》彰子に仕《つか》えた女房《にょうぼう》。漢詩人藤原為時《ためとき》の娘。

### ⓫ 和泉式部《いずみしきぶ》

『和泉式部日記』の作者。愛する為尊《ためたか》親王の死後、その弟の敦道《あつみち》親王と恋愛。恋多き女であり、名歌人。娘の小式部内侍《こしきぶのないし》も名歌人で、母娘ともに中宮《ちゅうぐう》彰子に仕《つか》えた女房《にょうぼう》。

## その他の有名な人物

### ⓬ 菅《すが》原《わらの》道《みち》真《ざね》

宇《う》多《だ》天皇に重用《ちょうよう》され、醍醐《だいご》天皇のとき右大臣となるが、左大臣藤原時《とき》平《ひら》の陰謀により大宰権帥《だざいのごんのそち》に左遷《させん》される。「東風《こち》吹かば／にほひおこせよ／梅の花／あるじなしとて／春な忘れそ」の和歌で有名。

### ⓭ 紀《きの》貫《つら》之《ゆき》

『古今《こきん》和歌集』の撰者《せんじゃ》のひとりで、「仮名序《かなじょ》」を書く。『土佐《とさ》日記』の作者。かな文学を開拓する。

### ⓮ 在《あり》原《わらの》業《なり》平《ひら》

六歌仙《ろっかせん》のひとり。『伊勢《いせ》物語』の主人公のモデル。「在五中将《ざいごちゅうじょう》」とも呼ばれた。

### ⓯ 清《きよ》原《はらの》元《もと》輔《すけ》

『後撰《ごせん》和歌集』の撰者「梨壺《なしつぼ》の五人」のひとり。清少納言《せいしょうなごん》の父。

### ⓰ 花《か》山《ざん》天皇

藤原兼家《かねいえ》とその息子道兼《みちかね》にだまされて出家《しゅっけ》し、退位に追い込まれたことが『大鏡《おおかがみ》』に見られる。花山院となったのち、『拾遺《しゅうい》和歌集』の編集を命じる。

### ⓱ 藤《ふじ》原《わらの》公《きん》任《とう》

『和漢朗詠集《わかんろうえいしゅう》』の撰者。和歌・漢詩・管弦に秀でたマルチタレント。『大《おお》鏡《かがみ》』などに「四条大納言」として登場する。

### ⓲ 藤《ふじ》原《わらの》行《ゆき》成《なり》

達筆で有名な平安三蹟《さんせき》のひとり。『枕草子《まくらのそうし》』にも頻繁に出てくる。

### ⓳ 安《あ》倍《べの》晴《せい》明《めい》

陰陽師《おんようじ》。超能力を有し、天変地異《てんぺんちい》によって政変を予知し、吉凶を占う。『大鏡《おおかがみ》』などに登場する。

### ⓴ 平《たいらの》清《きよ》盛《もり》

平家の総大将。平安後期、院や天皇と姻戚《いんせき》関係を結び、政権を握る。『平家物語《へいけものがたり》』では「入道殿《にゅうどうどの》」「入《にゅう》道相国《どうしょうこく》」「浄海《じょうかい》」などの呼称で登場する。栄華を極めるが、清盛の死後、平家は衰退の一途《いっと》をたどり、滅亡する。

◆⓲の「行成」は、日本史では「こうぜい」とも読ませますが、同一人物です。

# 平安時代のできごと年表

平安時代は、平安京遷都から鎌倉幕府確立までの約四〇〇年間続きました。『源氏物語』の作者である紫式部たちが活躍したのは平安時代中期（国風文化の時期）ですが、ここでは、平安時代の全体像をつかんでいきましょう。

| 年代 | 天皇 | できごと | 解説 |
| --- | --- | --- | --- |
| 794 | 桓武《かんむ》 | 平安京《へいあんきょう》へ遷都《せんと》 | 桓武天皇は、奈良の仏教勢力を嫌って平安京に遷都し、東北地方の支配領域を拡大したり、地方の政治を改革したりして、律令《りつりょう》体制の強化・再建を進めました。 |
| 810 | 嵯峨《さが》 | 平成太上《へいぜいだいじょう》天皇の変（薬子《くすこ》の変） | 平城京《へいじょうきょう》への再遷都を企てる平城太上天皇を、嵯峨天皇が破った政変です。この変の際に、嵯峨天皇のもとで藤原冬嗣《ふゆつぐ》が重用され、以後、藤原氏北家が台頭していきます。 |
| 858 | 清和《せいわ》 | 藤原良房《よしふさ》が摂政《せっしょう》になる | 北家の藤原良房は、娘の明子《あきらけいこ》が生んだ清和天皇を9歳の若さで即位させると、人臣として初めて摂政となり、天皇の政務を代行しました。 |

流れ：藤原氏北家の台頭

文化：弘仁《こうにん》・貞観《じょうがん》文化

| 年 | 天皇 | 出来事 | 解説 |
|---|---|---|---|
| 884 | 光孝《こうこう》 | 藤原基経《もとつね》が関白《かんぱく》になる | 藤原良房のあとを継いだ藤原基経は、光孝天皇を55歳で即位させると、初めて関白に任命され、後見役として天皇の政務を補佐しました。 |
| 894 | 宇多《うだ》 | 遣唐使《けんとうし》の停止 | 菅原道真《すがわらのみちざね》が、唐《とう》の衰退などを理由に遣唐使の中止を提案し、遣唐使は派遣されなくなりました。以後、中国の文化を消化しつつ、日本風の国風《こくふう》文化が発展していきます。 |
| 939 | 朱雀《すざく》 | 天慶《てんぎょう》の乱（～41） | 関東の平将門《まさかど》の乱と、瀬戸内の藤原純友《すみとも》の乱をあわせて「天慶の乱」と呼びます。この乱の平定を通して、武士の実力が貴族に認められるようになりました。 |
| 969 | 冷泉《れいぜい》 | 安和《あんな》の変 | 左大臣《さだいじん》の源高明《たかあきら》が、藤原氏によって失脚させられた事件です。これ以後、藤原氏北家の勢力は盤石のものとなり、摂政・関白がほぼ常置されるようになりました。 |
| 986 | 一条《いちじょう》 | 一条天皇が即位する | 一条天皇の治世25年間は、藤原道長《みちなが》が権力を確立していった時代であり、また、女性作家など、多くの才能ある人物が活躍し、国風文化が最盛期を迎えた時代でした。 |
| 1000 | | 定子《ていし》《さだこ》が皇后《こうごう》になる 彰子《しょうし》《あきこ》が中宮《ちゅうぐう》になる | 定子は藤原道隆《みちたか》の娘、彰子は藤原道長の娘です。藤原氏は、自分の娘を天皇の后にし、外戚《がいせき》として摂政・関白に就任して権勢を誇りました。 |

摂関政治確立から全盛へ

本書が扱う文化

国風文化

| 年 | 天皇 | できごと | 解説 |
|---|---|---|---|
| 1010頃 | 一条 | 『源氏物語《げんじものがたり》』が成立 | この頃、中宮彰子に仕えた紫式部《むらさきしきぶ》の『源氏物語』や、皇后定子に仕えた清少納言《せいしょうなごん》の『枕草子《まくらのそうし》』など、多くのかな文学作品が、主に女性によって著されました。 |
| 1016 | 後一条《ごいちじょう》 | 藤原道長《みちなが》が摂政《せっしょう》になる | 摂政・関白の地位をめぐる一族内の争いに勝った藤原道長は、自分の4人の娘を天皇の后にすることで、摂関政治の全盛期を築きました。 |
| 1051 | 後冷泉《ごれいぜい》 | 前九年合戦《ぜんくねんかっせん》（～62） | 源頼義《よりよし》・義家《よしいえ》父子が、陸奥《むつ》の豪族である安倍《あべ》氏を滅ぼした合戦です。この合戦は、源氏《げんじ》が東国に勢力を拡大するきっかけの1つとなりました。 |
| 1053 | | 藤原頼通《よりみち》が平等院鳳凰堂《びょうどういんほうおうどう》を建立 | 藤原道長のあとを継いだ藤原頼通は、50年にわたり摂政・関白として権力を握りました。平等院鳳凰堂は、当時流行していた浄土信仰《じょうどしんこう》の、極楽浄土《ごくらくじょうど》を表現しています。 |
| 1083 | 白河《しらかわ》 | 後三年合戦《ごさんねんかっせん》（～87） | 陸奥国・出羽《でわ》国の清原《きよはら》氏の内紛に、源義家が介入した合戦です。この合戦によって、源義家は名声を高め、武家の棟梁《とうりょう》の地位を確立しました。 |
| 1086 | 堀河《ほりかわ》 | 白河上皇《しらかわじょうこう》が院政《いんせい》を開始 | 白河天皇は、子の堀河天皇に譲位すると、その父として院政を開始しました。白河上皇・鳥羽《とば》上皇・後白河《ごしらかわ》上皇の3代にわたる院政は、100年ほど続きました。 |

摂関政治全盛

国風文化

| 年 | 天皇 | できごと | 説明 |
|---|---|---|---|
| 1107 | 鳥羽《とば》 | 源義親《よしちか》の乱（～08） | 平正盛《まさもり》（平清盛《きよもり》の祖父）が、出雲《いずも》で反乱を起こした源義親を平定しました。これにより、源氏の勢力が後退し、平正盛は平氏の中央政界進出の基礎を築きました。 |
| 1156 | 後白河《ごしらかわ》 | 保元《ほうげん》の乱 | 崇徳《すとく》上皇と後白河天皇の対立に、藤原氏の内部対立がからんで起きた内乱です。戦いには源平の武士が動員されたため、朝廷における武士の地位が大きく向上しました。 |
| 1159 | 二条《にじょう》 | 平治《へいじ》の乱 | 藤原通憲《みちのり》・平清盛と藤原信頼《のぶより》・源義朝《よしとも》らが争った内乱です。この乱の結果、源氏は没落し、平氏が朝廷における地位を飛躍的に高めました。 |
| 1167 | 六条《ろくじょう》 | 平清盛《きよもり》が太政大臣《だいじょうだいじん》になる | 平清盛は、武家として初めて太政大臣になりました。一族の子弟は高位高官を独占し、平氏政権は絶頂期をむかえました。 |
| 1180 | 安徳《あんとく》 | 源頼朝《よりとも》、源義仲《よしなか》が挙兵 | 平氏に不満を持った以仁王《もちひとおう》が発した平氏討伐の命令に応じて、伊豆《いず》の源頼朝や信濃《しなの》の源義仲ら各地の武士団が挙兵し、いわゆる「源平の争乱」が始まりました。 |
| 1185 | 後鳥羽《ごとば》 | 平氏滅亡<br>鎌倉幕府《かまくらばくふ》の確立 | 平氏は、源義仲に敗北して都落ちした後、壇《だん》の浦《うら》の戦いで源義経《よしつね》らの軍に滅ぼされました。その後、源頼朝は守護・地頭の任命権を得て、鎌倉に幕府を開きました。 |

院政

平氏政権

院政期の文化

# 平安時代の文学ガイド

**有名な平安文学作品をピックアップ。ジャンル別に紹介します。**

## 物語

| 書名 | 作者 | 作品の内容 |
|---|---|---|
| 竹取《たけとり》物語 | 不明 | 作り（伝奇）物語。かぐや姫の生い立ち、五人の貴公子の求婚、昇天を描く。「物語の出《い》で来《き》はじめの祖《おや》」とされる。 |
| 宇津保《うつほ》物語 | 不明 | 作り物語。名琴の秘曲にまつわる不思議と美女貴宮《あてみや》をめぐる求婚談。 |
| 落窪《おちくぼ》物語 | 不明 | 作り物語。継子いじめの物語。継母に「落窪の君」とさげすまれた姫君が、少将と結婚して幸福になる。 |
| 伊勢《いせ》物語 | 不明 | 歌物語。在原業平《ありわらのなりひら》をモデルにした色好みの「男」の一代記。洗練された風雅な愛の世界を描く。 |
| 大和《やまと》物語 | 不明 | 歌物語。さまざまな歌人の人間模様を描く説話的な作品。 |
| 源氏《げんじ》物語 | 紫式部《むらさきしきぶ》 | 一〇〇八年ごろ、一部成立。全五十四帖。<br>第一部　主人公光源氏の華やかな半生<br>第二部　光源氏の晩年の苦悩<br>第三部　光源氏の次の世代、薫と匂宮を中心にした恋愛物語<br>作り物語と歌物語の集大成。王朝文学の最高傑作であり、世界文学の不朽の名作。<br>江戸時代の国学者本居宣長が「もののあはれ」の文学と評した。 |
| 浜松中納言《はままつちゅうなごん》物語 | 不明 | 夢のお告げを信じて生きる浜松中納言の数奇な運命を描く。 |
| 堤中納言《つつみちゅうなごん》物語 | 不明 | 「虫めづる姫君」「花桜折る少将」などの十編と一断章からなる短編集。 |

| | | |
|---|---|---|
| 夜《よる》の寝覚《ねざめ》 | 不明 | 中納言と結ばれた中《なか》の君《きみ》の数奇な運命を描く悲恋物語。『夜半《よわ》の寝覚』とも。 |
| 狭衣《さごろも》物語 | 源頼国《よりくに》の女《むすめ》 | 狭衣大将と源氏宮との悲恋物語。 |
| とりかへばや物語 | 不明 | 兄妹がとりかえられて育てられる性交換の悲喜劇を描く物語。 |

## 日記

| 書名 | 作者 | 作品の内容 |
|---|---|---|
| 土佐《とさ》日記 | 紀貫之《きのつらゆき》 | 土佐守《とさのかみ》の任を終えて京へ戻る五十余日の船旅日記。女性に仮託して書いた最初のかなによる日記。 |
| 蜻蛉《かげろう》日記 | 藤原道綱《ふじわらのみちつな》の母 | 藤原兼家《かねいえ》との愛憎の苦悩を深い心理描写で描く夫婦愛の日記。 |
| 和泉式部《いずみしきぶ》日記 | 和泉式部 | 帥宮敦道《そちのみやあつみち》親王との情熱的な恋愛の日記。自伝を「女は…」と物語風に描く。 |
| 紫式部《むらさきしきぶ》日記 | 紫式部 | 一〇一〇年ごろ成立。一条《いちじょう》天皇の中宮彰子《しょうし》に仕《つか》えた宮廷生活の日記。 |
| 更級《さらしな》日記 | 菅原孝標《すがわらのたかすえ》の女《むすめ》 | 物語世界にあこがれる文学少女が人生の厳しさに夢破れるまでの四〇年間の回想日記。 |
| 讃岐典侍《さぬきのすけ》日記 | 讃岐典侍 | お仕えした堀河《ほりかわ》天皇の死を悼《いた》む追慕と、幼い鳥羽《とば》天皇に出仕する日々を描いた宮廷日記。 |

## 随筆

| 書名 | 作者 | 作品の内容 |
|---|---|---|
| 枕草子《まくらのそうし》 | 清少納言《せいしょうなごん》 | 一〇〇一年ごろ成立か。約三〇〇の章段からなる随筆は、随想・ものづくし・中宮定子《ていし》に仕《つか》えた宮中記録の三つに大別される。「をかし」の文学と評される。 |

## 勅撰和歌集［三代集＝1～3、八代集＝1～7＋新《しん》古《こ》今《きん》和歌集（鎌倉時代）］

| | 書名 | 作品の内容 |
|---|---|---|
| 1 | 古《こ》今《きん》和《わ》歌《か》集《しゅう》 | 醍醐《だいご》天皇の勅命《ちょくめい》による第一番目の勅撰《ちょくせん》和歌集。撰者《せんじゃ》は、紀貫之《きのつらゆき》・紀友則《とものり》・凡河内躬恒《おおしこうちのみつね》・壬生忠岑《みぶのただみね》。歌数約一一〇〇首、二〇巻。ひらがなの序文「仮名序《かなじょ》」は紀貫之、漢字の序文「真名《まな》序」は紀淑望《よしもち》による。<br>第一期…読人知らずの時代<br>第二期…六歌仙《ろっかせん》の時代　在原業平《ありわらのなりひら》・大伴黒主《おおとものくろぬし》・喜撰法師《きせんほうし》・文屋康秀《ふんやのやすひで》・僧正遍昭《そうじょうへんじょう》・小野小町《おののこまち》など<br>第三期…撰者の時代　紀貫之・紀友則・凡河内躬恒・壬生忠岑など |
| 2 | 後撰《ごせん》和歌集 | 村上天皇の勅命による第二番目の勅撰和歌集。撰者は清原元輔《もとすけ》ほか、「梨壺《なしつぼ》の五人」と呼ばれる。 |
| 3 | 拾遺《しゅうい》和歌集 | 花山《かざん》院の院宣による第三番目の勅撰和歌集。撰者は花山院自身か藤原公任《きんとう》。 |
| 4 | 後拾遺《ごしゅうい》和歌集 | 白河《しらかわ》天皇の勅命による第四番目の勅撰和歌集。撰者は藤原通俊《みちとし》。 |
| 5 | 金葉《きんよう》和歌集 | 白河院の院宣による第五番目の勅撰和歌集。撰者は源俊頼《としより》。 |
| 6 | 詞花《しか》和歌集 | 崇徳《すとく》院の院宣による第六番目の勅撰和歌集。撰者は藤原顕輔《あきすけ》。 |
| 7 | 千載《せんざい》和歌集 | 後白河《ごしらかわ》院の院宣による第七番目の勅撰和歌集。撰者は藤原俊成《としなり》。歌風は、「幽玄《ゆうげん》」「余情」を理念とする。 |

## 歴史物語

| 書名 | 作者 | 作品の内容 |
|---|---|---|
| 栄花《えいが》物語 | 正編　赤染衛門《あかぞめえもん》か、<br>続編　不明 | 藤原道長の栄華を中心に、宇多天皇から堀河天皇に至る約二〇〇年間の宮廷の様子を描く。 |
| 大鏡《おおかがみ》 | 不明 | 道長の栄華を中心に文徳《もんとく》天皇から後一条天皇に至る一七六年間の政治の表裏を描く。 |
| 今《いま》鏡 | 藤原為経《ためつね》 | 後一条天皇から高倉天皇までの一四六年間を描く。 |

# 第1章

# 恋愛・結婚と祝事・弔事《ちょうじ》

## ❖婚姻届も離婚届もいらないデート結婚

男と女が愛し合う気持ちは今も昔も変わりませんが、恋心の伝え方・恋愛の手順・結婚のスタイルには大きな違いがあります。昔の常識が今の非常識・不道徳だったりするので、その違いを認識しておかないと、とんでもない勘違いを起こします。恋愛の話は興味の持てる身近なテーマだと思いますので、「ヘェ〜!」と驚きながら楽しんで読んでいただければと思います。

平安時代の結婚は、一夫多妻がふつうでした。同居する場合もありますが、基本的には夫が妻のもとへ通う「通い婚《かよいこん》」のスタイルをとります。また、当時は、妻の実家の財力が夫を支えますので、家柄のよい女性が第一夫人となります。財力を失ったり、父親の身分が落ちたりすると、妻のランクが下がったり、捨てられたりもしました。

庶民と貴族と皇族（天皇家）では少し結婚形態が違うのですが、この章では貴族の恋愛・結婚を中心にお話します。また、天皇家の結婚については第2章でくわしく説明します。

## ◆垣間見《かいまみ》＝覗《のぞ》き見《み》

昔の女性は、肉体関係を結ぶまでは**男性に顔を見せません**。だから、男性は、**覗き見**してチラッと見えた姿や、人から聞く**評判・噂**などを手がかりに、女性を口説《くど》きました。

覗き見を、古文では「垣間見」といいました。文字どおり、「垣根の透《す》き間から見る」ことです。そこから転じて、垣根越しでなくても、盗み見ることすべてをいうようになりました。**簾《すだれ》**や**几帳《きちょう》**（141・142ページ参照）が、風であおられたり物に障《さわ》ってずれたりすると、その隙間《すきま》から覗いたりもします。今は覗き見は性犯罪で捕《つか》まりますが、昔は当たり前のことでした。もっとも、あまり堂々とやる男性はいません。気づかれると、相手の女性がすぐに姿を隠してしまうからです。でも、見つかったからといって叱《しか》られはしませんでした。

## ◆聞《き》こえ・音《おと》＝評判・噂《うわさ》

貴族の女性の家では、よい婿《むこ》を招き寄せるために、娘のよい評判を**親や使用人がわざと流す**こともあります。「世間に聞こえる音」という意味で、評判・噂のことを「聞こえ」「音」などといいます。「**音に聞く**」は「**噂に名高い**」という意味です。

また、「世間が覚える」の発想で、「覚え」にも「評判」の意味があります（87ページ参照）。

## ◆文《ふみ》＝手紙

## ◆懸《け》想《そう》文《ぶみ》＝恋文

覗《のぞ》き見したり噂《うわさ》を聞きつけたりした男性が、その女性に興味を持った場合は、ラブレターを出します。「文」はふつうの手紙にも恋文にも使われます。特に**恋文**を意味する語には「懸想文」があります（31ページ参照）。手紙はふつう**和歌**のスタイルをとります。

高貴な男性は、部下や召使《めしつかい》の童《わらわ》に恋文を持たせ、女性の家に届けさせます。季節の花一枝を添えて送る場合もあります。受け取った女性の側もつき合ってみようと思う場合は、気のある返事を和歌で返します。男のよこした部下や童に**返歌《へんか》**を持たせて帰すのです。

女性は家柄が高貴な場合、結婚を本人の一存では決められません。より身分の高い男性と結婚させて**一族が繁栄する**ようにと親が願うからです。そこで、男性の和歌（恋文）を親がチェックし、結婚相手としてふさわしいかどうか決めることがあります。また、返歌も、娘の気持ちに関係なく、親が代わりに拒否したりOKしたりしてしまいます。つまり、**和歌の代詠《だいえい》**が行われるのです。親が詠《よ》む場合もありますが、貴族の邸《やしき》で雇われている**女房《にょうぼう》・侍女《じじょ》**（働く女性）のなかの特に和歌の得意な者に詠ませる場合もあります。

## ◆呼《よ》ばふ ＝ 求婚する・求愛のために夜に女のところへ行く

何度か和歌のやりとりをしたあと、女性もその気でいると男が判断した場合は、いよいよプロポーズします。当時の結婚は婚姻届を出すわけではありませんので、**肉体関係を結ぶ**ことで夫婦関係とみなしました。だから、「今夜あたりあなたのところへ行ってもいいですか」とうかがいをたてることがプロポーズということになります。あまり露骨にならないように**比喩《ひゆ》表現**などを使って、和歌のなかにその意思をうまく詠《よ》み込むのです。

女性がそれとなくOKの意味の返歌《へんか》を送ってよこした場合は、男は夜に人目を忍んで、女性の家へ行きます。本人みずからが部屋に招き入れてくれる場合もありますし、**親や女房《にょうぼう》・侍女《じじょ》が女性の部屋へ導き入れてくれる**場合もあります。

「呼ばふ」は、もともと「女性の注意を引きつけようと何度も呼ぶ」ところから生まれた言葉で「好きだ、好きだ」と連発するのが語源ですから、「**求婚する・求愛する**」の意味で使われます。また、求婚はすなわち肉体関係を結ぶことでもあるので、「**夜に女性のところへ行く**」とも訳します。いわゆる「夜這《よば》い」のことです。

## ◆逢《あ》ふ・語《かた》らふ・契《ちぎ》る＝（男女が）深い仲になる

女性の部屋に入った男性は、その夜のうちに肉体関係を結び、暁《あかつき》（夜明け前のまだ暗いうち）に帰るのが礼儀でした。いくら自由恋愛の平安時代でも、逢《あ》い引《び》きの現場を人目にさらすのは不躾《ぶしつけ》ですから、**暗い夜に来てあまり明るくならないうちに帰る**のです。

男性が初めて**女性の顔をまともに見る**のは、初《しょ》夜《や》の暁のときです。うっすらと白む薄明かりのなかで、顔だちを見ることになります。だから、男女間の「逢ふ」は「**深い仲になる**」という意味です。男女関係を結ぶ機会を「逢《お》ふ瀬《うせ》」などといったりもします。

また、初めて肉声で睦言《むつごと》（甘い言葉）を語り合うので、男女間で使われた場合に限り「語らふ」も「深い仲になる」という意味になります。見出しにはあげていませんが、「髪を乱す・髪が乱る」の表現もあります。

「契る」は、「契約」の「契」の字ですから、もともとは「約束する」の意味です。多義語（218ページ参照）ですが、男女間で使った場合は、生涯《しょうがい》の愛を約束するところから、「深い仲になる」と訳します。「契りを結ぶ」も同じです。

［参考］

## ◆逢《おう》坂《さか》の関《せき》

### ＝「逢ふ」の比《ひ》喩《ゆ》表現

「逢坂の関」は、京都と滋賀の境にある逢坂山の関所の名前です。都を出て関東へ行く道「**東路**《あずまじ》」を通る人は、必ずこの関所を通りました。和歌や文章中によく出てくる名所です。文字どおり地名としての関所を意味する場合もありますが、**比喩表現**で「逢ふ」の代わりに使われることもあります。

21ページで述べたように、「そろそろ深い仲になりたい」などと男性が求愛の和歌を送ることがありますが、露骨な表現はオシャレではありませんので、「逢坂の関を越えたい」などと詠《よ》むのです。「**男女の一線**を越えたい」ということですね。「**逢**」の一字だけに意味が込められているのです。

◆ 後朝《きぬぎぬ》

＝ 共寝《ともね》をした翌朝の別れ

男女が**共寝**をするときは、**お互いの着物**を脱いで重ねて、その上に横たわりました。暁《あかつき》に男性が帰るとき、それぞれ着物を身につけてお別れします。「きぬぎぬ」の読みは、もとは着物を重ね合う「衣衣《きぬぎぬ》」からきています。また、「後朝」の漢字は、「こと(!?)の終わった後《あと》の朝」の意味から当てられました。

暁に出ていった男は家に帰るか仕事に出るかしますが、自分の世界に戻るとすぐに、**残してきた女性のところへ手紙を出す**のがマナーでした。これを「**後朝の文《ふみ》**」といいます。この手紙も多くの場合は**和歌**の形式です。女性は男性と違って共寝のあとに余韻が残り、充足感と同時に不安も覚えますので、愛がますます深まったことを手紙にすることで男が女を慰めるのです。この手紙を運ぶ人を「**後朝の使《つかい》**」といいます。

昔は、女性に心配りのできない男性は**無風流《ぶふうりゅう》**だとして嫌われました。『枕草子《まくらのそうし》』には、後朝の別れ際《ぎわ》の男の帰り方についてくわしく述べた章段があります。女性に愛を囁《ささや》きながら帰っていく男がよくて、バタバタと慌《あわ》てて帰る男はダメだと書いています。

## ◆通《かよ》ふ

**＝男が（夫または恋人として）女の家へ行く**

昔の結婚は婚姻届などの法的な手続きはとりませんので、結婚生活は**男が女の家に会いに行く**ことでしか持続しませんでした。一夫多妻なので、男はあちこちの女性のところへ通います。なかには、一度きりで二度と男が通ってこないという場合もあります。また、ある期間通い続けてはいても「恋人」の意識にすぎず、正式の結婚とはみなさない場合もあります。夫としてであれ、恋人としてであれ、女のところへ愛を交《か》わしにいくことを「通ふ」といいます。

では、何をもって**正式の結婚**と認めるのでしょうか。それは、男性が初夜《しょや》から**三晩連続**で通ってきた場合です。「この女と結婚したい」と思う男性は、雨が降ろうが熱があろうが、三日三晩を通いつめなければなりません。一方、結婚を約束せずに適当に愛人関係を保ちたい場合は、間《ま》をおいて通えばよいということになります。ただし、女性のほうがそれを拒否する場合もあります。夜中に男性が戸を叩《たた》いてもなかへ入れてくれないのです。「遊びはイヤよ」という意思表示です。

『落窪物語《おちくぼものがたり》』には、大雨のために通いをためらう男君《おとこぎみ》に対して、女君《おんなぎみ》の侍女《じじょ》が手紙で強く通いを促《うなが》す場面があります。女君が正式な妻となれるかどうかの三日目の夜だったのです。男君は大傘をさしてやって来ました。

## ◆所顕《ところあらわし》・露顕《ところあらわし》＝結婚披露宴

身分の低い女性を相手にしたときは、正式に結婚しなくても表立ったトラブルにはなりませんが、身分の高い貴族の娘などの場合は、いいかげんなことをすると父親が黙っていません。また、男のほうも、より身分の高い人の娘と婚姻関係を結び、**妻の父親の財力や権力を後ろ楯《うしだて》にして出世しよう**としますから、正式な結婚を望みます。多くの妻たちのランキングは、愛情の強い順番ではなく、女性の実家の**身分・家柄**の順番で決まります。

三晩を通《かよ》い続けて結婚の意思を明らかにした男性は、三晩目の朝はゆっくりと朝寝をします。人目をはばからない**公認の関係**になったということです。娘の親は男が居《い》ついてくれることを願い、初夜《しょや》から三晩は夜の間《あいだ》だけ男の沓《くつ》を抱いて寝ました。また、三日目の夜には婚姻成立を祝って餅《もち》をふるまいます。これを「三日夜《みかよ》の餅の儀《ぎ》」といいます。

それが終わると妻の親族や友人が招かれ、夫と正式に顔合わせをします。今でいう**披露宴**で、これを「所顕・露顕」といいます。夫の所在を公《おおやけ》にあらわし披露するのです。昔の結婚は**女性側の一族が主導権を握ります**ので、男性側の親族は披露宴には参加しません。

## ◆片敷《かたし》く＝ひとり寝をする

お互いの着物を脱ぎ重ねて男女が共寝《ともね》をするということを、「後朝《きぬぎぬ》」の項でお話ししました。二枚の着物の「片方(一枚)だけを敷く」ことを「片敷く」といいます。「**ひとり寝をする**」ことですね。通《かよ》い婚《こん》の場合は、男がたまにしか会いにきてくれないことがあります。男のほうも、仕事が忙しかったり遠くへ出張・転勤していて、女のところへ通えない場合もあります。そういうときは、ひとり寝のさみしさを和歌に詠《よ》んで相手に送ります。『百人一首』の「きりぎりす／鳴くや霜夜《しもよ》の／さむしろに／衣《ころも》**片敷き**／ひとりかも寝む」は有名ですね。

## ◆音《おと》なし＝音沙汰《おとさた》がない

「音」は「音・噂《うわさ》・連絡」などの多くの意味を持っていますが、「音なし」は「**連絡がない・音沙汰がない**」と訳します。**男の通《かよ》いが途絶《とだ》えた**ときなどに使う表現です。

## ◆相《あい》住《ず》み・相《あい》添《ぞ》ひ＝同居

平安時代の貴族の結婚は**基本的には通《かよ》い婚《こん》**の形態をとります。一生涯《いっしょうがい》すべての妻に対して通い婚で通す男性もいました。けれども、多くの妻の家々を日ごと通うのは実際はたいへんだったようで、これぞと思う大切な妻だけは**同居する**こともありました。これを「相住み・相添ひ」といいます。「具す・相具す」も「**連れ添う**」と訳し、同居を意味します。

貴族の邸《やしき》の建築様式を**寝殿造《しんでんづく》り**といいます。寝殿造りには「**対屋**《たいのや》」と呼ばれる建物があって、そこに**おもだった妻**を住まわせました。夜に夫が妻の部屋を訪《たず》ねていきます。つまり、一つの敷地

## ◆具す・相《あい》具《ぐ》す＝連れ添う

内に同居しながら、部屋を訪ねるという通い婚をするのです（132ページ参照）。おもだった妻とは、**身分の高い妻**ということで、愛情の強さではありません。

ついでにいうと、皇太子や天皇などの皇族も同じ結婚形態をとりました。宮中《きゅうちゅう》という同じ敷地内に多くの妻の部屋部屋があって、同居することになります。ただ、皇太子や天皇という最高権力者にわざわざ部屋まで足を運んでいただくのはもったいないので、妻たちが呼ばれて皇太子や天皇の部屋へ通いました（57・58ページ参照）。

◆色好《いろごの》み＝①風流好《ふうりゅうごの》み ②恋愛好き・恋愛上手《じょうず》

「色」は、もとは「美しい色彩」「女の容色《ようしょく》」を意味しました。「色好み」とは「美しいものにひかれること・美しいものを追い求めること」なのです。ですから、恋愛だけでなく、オシャレに凝《こ》ることや、美しい景色を見ることや、音楽・文学の美しさに感動することなど、広い意味で「**風流を好むこと**」すべてをいいます（201ページ参照）。

平安時代は、男も女も、どんな能力にもまさって**風流であることがいちばん大切**なことでした。特に**宮中《きゅうちゅう》という社交界**で生きていく人々は、より華やかにスマートに**洗練**されていなければなりません。恋愛においても同じことがいえます。男でも女でも、相手の心を察した演出でムードを盛り上げる**恋愛上手な人**を「色好み」といいました。そういう人はおのずと多くの異性にモテますから、「恋愛好き」「遊び好き」の意味にも使われ、「好き者」ともいいます。

## 色好みの男の交際範囲は〝ゆりかごから墓場〟まで⁉

色好みの男性は、**幼女から老婆まで**幅広い年齢の女性と交際しました。

幼女の場合は、「おとなになったら結婚したい」と親に申し出ておきます。『大和《やまと》物語』には、ある男が美しい顔だちの赤ちゃん（女児）を抱いている母親に、「この子が大きくなったら必ず迎えにくるから」といって約束の証拠に自分の帯を預けていく場面があります。また、フィクションですが、『源氏《げんじ》物語』の光源氏《ひかるげんじ》も幼少の若紫《わかむらさき》（のちの紫《むらさき》の上《うえ》）を手元に引き取って育て、成人したのち妻としています。

一方、『伊勢《いせ》物語』には、老婆を相手にする男が出てきます。老婆の場合は男性のほうから好《この》んで近づくということは考えられません。老婆のほうが、夫のいないさみしさから男性にいい寄るのです。「色好み」の男は**相手の女性を傷つけない**ことをモットーとしているので、気の毒にと思って一二度つき合ってあげるのです。『伊勢物語』の主人公の男は、平安一の色男**在原業平《ありわらのなりひら》**がモデルだといわれています（9ページ⑭参照）。

## ◆世《よ》・世《よ》の中《なか》＝男女の仲

*「世・世の中」は多義語

「世・世の中」は「①世間・俗世 ②**男女の仲** ③政治」などの意味を持つ多義語です（85・212ページ参照）。文脈が**恋愛**や**結婚**の話の場合は、「男女の仲」と訳します。

## ◆懸《け》想《そう》＝恋すること

「異性に想《おも》いを懸《か》けること」を「懸想」といいます。**恋すること**です。「懸想す」「懸想立《だ》つ」「懸想ぶ」「懸想ばむ」などと微妙にニュアンスの違うさまざまな表現があるのですが、細かいことはともかく、恋をしているのだとわかればよいでしょう。

「懸想人《びと》」は「**恋人**」、「懸想文《ぶみ》」は「**恋文**」（20ページ参照）です。

## ◆妬《ねた》し・妬《ねた》む・恨《うら》む＝嫉《しっ》妬《と》する

**一夫多妻**なので、女性は絶えずほかの女性の存在に心を傷《いた》めます。単なる愛情だけの問題ではなく、妻としての**ランキング**を気にするのです。一度は第一夫人の地位を手にしても、もっと**身分の高い女性を夫が妻に迎えた**ときは、第二夫人に下がってしまいます。あるいは、相手が身分の下の女性であっても、自分より**先に子どもを産んだ**場合は、自分を越して上位の妻にランクアップすることもあります。そういう不安のなかで、妻たちは互いに嫉妬し合いました。

## ◆新《にい》枕《まくら》・新《にい》手《た》枕《まくら》＝その人との初めての共寝《ともね》

初婚でも再婚でも、その異性と**最初に迎えるベッドイン**を「新枕・新手枕」といいます。和歌にもよく出てくる表現です。

ところで、女性が再婚するには最初の結婚を破棄（離婚）しなければなりません。離婚はどのようにしたのでしょう。基本的には**通《かよ》い婚《こん》**なので、男性が**三年間通ってこなければ自然消滅の離婚**とみなします。三年間も音信不通で待たされる妻はかわいそうですが、三年経った翌日には、ほかの男性の求婚を受け入れてもかまいません。

『伊勢《いせ》物語』には、三年目の夜に、女が夫を諦めて新しい恋人と「**新枕**」しようとする場面があります。ところが、運悪く（!?）夫が訪《たず》ねてきました。この夫は、三年の期限切れぎりぎりに駆《か》け込んで、**結婚を継続**させようとしたのです。女は「三年待ってつらかったので、今宵《こよい》こそ私は**新枕**する」と和歌を詠《よ》んで、新たな男性の存在を知らせ、夫をなかへ入れませんでした。夫は歌を返して帰っていきます。こうして、女は、さみしさと腹立たしさから一度は夫を拒《こば》んだのですが、いよいよ夫が去ると知った途端《とたん》、「ずっとあなたが好きだった」と叫んで、夫を追いかけます。

## ❖ 夫も「つま」、妻は「妹《いも》」、妹は「おとうと」!?

貴族・中流階級・庶民に関係なく、一般的な家族関係（続柄《つづきがら》）を表す用語を説明します。

夫を「せ」妻を「いも」というなど、現代ではまったく使わない呼び名もあるし、夫も妻も「つま」といったり、弟も妹も「おとうと」というなど、現代と違って男女の区別なく使う紛らわしい呼び名もあります。

皇族（天皇家）の家族の呼び名は特殊なので、第2章でくわしく説明します。

また、貴族特有の家族の呼び名も第4章で説明します。

## ◆つま ＝ 配偶者

＊夫・妻の両方に使う

今は妻だけを「つま」といいますが、平安時代は、**夫も**「**つま**」、**妻も**「**つま**」といいました。つまり、**配偶者**のことです。

結婚するときに、女の実家の「端《つま》」に寝所《しんじょ》となる家屋を建て、夫をそこに通《かよ》わせたことが、言葉の由来だそうです。

ひらがなの「つま」は、文脈をよく見て**性別**を判断し、男性だったら「夫」、女性だったら「妻」と解釈することになります。

# 人の魅力を表現する古語　1

| 古語 | 現代語訳 | 解説 | 使われ方のイメージ（※該当古語以外は現代語にしています） |
|---|---|---|---|
| うるはし | きちんと整って美しい | 女性の容姿だけでなく、あらゆるものの完全な美を表す言葉です。 | 人はあまりにうるはしくしすぎると、その状態を保つのが難しい。 |
| うつくし | かわいい | 「愛し」と書き、形の小ささへのかわいさを表す言葉です。 | どんなものでも形の小さいものはすべてうつくし。 |
| らうたし | かわいい | 「労甚《ろういた》し」が変化してできた言葉です。労《いたわ》ってやりたいと思うほど「かわいい」ということ。愛する者への内面的心情を表す言葉です。 | 妻に追い出される若い女を、男はらうたしと思う。 |
| えん（なり） | 優美だ | 漢字では「艶」と書きます。 | 宮中で行事のある日は、警護の供人までがえんなる装束である。 |

## ◆兄《せ》・背《せ》・夫《せ》＝夫・愛する男

*「兄子《せこ》・背子《せこ》・夫子《せこ》」ともいう

**正式な結婚をした夫**も、**愛人関係のまま通《かよ》ってくる男**も、「せ」「せこ」といいます。「**夫**」もしくは「**愛する男**」という意味です。

「せ」を漢字で表記すると、「**兄**」「背」「夫」の三つがあります。漢字が違っても、意味は同じです。「夫」はその字のとおりですから、抵抗はありませんね。

「背」は、女から見ると男の背中が大きく頼もしく見えたからでしょうか。あるいは、暁《あかつき》に帰る男の背中を見送るときが、女にとっていちばん切《せつ》なく、いちばん愛《いと》しさがつのる情景だったからかもしれません。

意外なのは「兄」です。もともとは兄弟・年長年少・血縁のあるなしに関わらず、女性から見て**親しい情を感じる男性**をすべて「兄」といいました。つまり、兄の意味でも、弟の意味でも、愛する男・夫の意味でも使うということです。ただ、和歌の恋歌や物語の恋愛シーンの場合は、「**夫**」**の可能性が高い**でしょう。なお、兄弟を意味する古語は、「せ」よりも「せうと」のほうが一般的です（38ページ参照）。

◆妹《いも》

＝妻・愛する女

「いも」は「せ」の対義語です。**正式な結婚をした妻**も、**愛人関係のまま通《かよ》っていく女**も、「いも」といいます。「**妻**」もしくは「**愛する女**」という意味です。

もともとは姉妹・年長年少・血縁のあるなしに関わらず、男性から見て**親しい情を感じる女性**をすべて「妹」といいました。つまり、姉の意味でも、妹の意味でも、愛する女・妻の意味でも使うということです。物語の恋愛シーンの場合は、「**妻**」**の可能性が高い**でしょう。

「いも」は、和歌のなかにもよく出てきます。原則として「妻・愛する女」と解釈してください。

また、「**妹背**《いもせ》」とセットで出てきたら、99パーセント「夫婦・愛し合う男女」のことです。

ついでにいうと、妻は「妻《め》」ともいいます。

兄弟姉妹の姉妹を意味する古語は、「妹《いも》」よりも「妹人《いもうと》」のほうが一般的です（38ページ参照）。

また、妹《いもうと》を意味する古語には「おと(う)と」もあります（39ページ参照）。

## ◆兄《しょ》人《うと》＝男きょうだい（兄・弟）

姉妹から見た「**男きょうだい**」を「せうと《しょうと》」といいます。漢字は「兄人」と書きますが、**兄**の意味でも**弟**の意味でも使います。

兄弟から見た「**女きょうだい**」を「いもうと」といいます。漢字は「妹人」と書きますが、**姉**の意味でも**妹**の意味でも使います。

「せうと」も「いもうと」も、文章中は漢字で見ることはほとんどなく、ひらがなで出てきます。

年上にも年下にも使う語です。要するに**きょうだい**であることと**男女の別**がわかりさえすればよいと理解しましょう。

## ◆妹《いも》人《うと》＝女きょうだい（姉・妹）

ついでにいうと、きょうだいの年上を「**子**《こ》**の上**《かみ》」といいます。また、男のほうを「あに」、女のほうを「あね」というのは、今と同じです。

きょうだいの年下の呼び名は、次の項を読んでください。

## ◆おとと・おとうと ＝ 年下のきょうだい（弟・妹）

きょうだいの**年下の者**をいいます。「子《こ》の上《かみ》」の対義語に当たります。**弟**にも**妹**にも使うので注意が必要です。「おとと」「おとうと」のいずれも、**性別**（弟か妹か）は原則として文脈で判断します。

ただし、「あにおとと」となっているときには「兄と弟」、「あねおとと」となっているときには「姉と妹」です。このように、兄や姉とペアで出てくる「おとと」「おとうと」は、同性のきょうだいと判断できます。

## ◆はらから＝きょうだい

**兄弟姉妹**のだれにでも使える語は「はらから」です。もともとは「同じ母の腹から生まれた者」ということでしたが、一夫多妻の時代になってからは、父が同じで母が違うきょうだいも「はらから」といいました。この語は同母か異母かを意識する必要はありません。

**同母のきょうだい**は「**ひとつばら**」といいます。文字どおり「一つの腹」から生まれたということです。**異母きょうだい**の場合は「**ことばら**」といいます。「異なる腹」から生まれたということですね。

また、「〜の腹」は「〜の**産んだ子**」の意味です。

## ◆「人物名・役職名」の女《むすめ》＝〜の娘

「女」は、単独で出てきた場合は女性を意味しますが、「菅原孝標《すがわらのたかすえ》の女」「大納言《だいなごん》の女」などと、**人物名や役職名の続き**に出てきた場合は、その人の「**娘**」です。

◆ おぢ・おほぢ ＝ 祖父

祖父を「おぢ」「おほぢ」といいます。「大父《おおちち》」がつづまってできた言葉です。父より偉大な「祖父」なのです。

祖母を「おば」「おほば」といいます。「大母《おおはは》」

◆ おば・おほば ＝ 祖母

がつづまってできた言葉です。母より偉大な「祖母」なのです。

◆ をぢ ＝ おじ（伯父・叔父）

「をぢ」（伯父・叔父）も「をば」（伯母・叔母）も、音は今とまったく同じです。ただし、ひらがなで表記するときは、ワ行の「を」を書くので注意が必要です。

前項の「おぢ」「おば」と、この項の「をぢ」

◆ をば ＝ おば（伯母・叔母）

「をば」を混同しないようにしましょう。「おぢ」「おば」の「お」は、前項で話したように「おおきい」の「お」です。語源を意識しておくと、混乱が避けられます。

◆翁《おきな》＝おじいさん

［参考］

血縁のあるなしに関わらず、一般的な意味の**老人**(男)を「翁」といいます。「**おきな**」と読みます。

◆嫗《おうな》＝おばあさん

［参考］

血縁のあるなしに関わらず、一般的な意味の**老女**を「嫗」といいます。「**おうな**」と読みます。

## ❖「12歳でオトナ！ 40歳で長寿!!」の早送り人生

恋愛と結婚についてお話してきましたが、結婚以外にもさまざまなお祝い事があります。お誕生祝い・成人式・長寿の祝いなどです。祝事は、現代の風習に残っているものが多いですが、呼び方が異なります。

また、一生のうちには、悲しい出来事もあります。死に際して、お葬式や法事などをしました。

この章では、そうした一生の節目《ふしめ》に行われる儀式やしきたりについて説明しましょう。

## ◆産《うぶ》養《やしない》＝**誕生祝い**

皇族（天皇家）や貴族の家庭に赤ちゃんが生まれると、「産養」という**誕生祝い**をします。誕生当日から数日間、親族を招いて祝宴を催しました。父や祖父や伯父・伯母などがつぎつぎにやってきて、さまざまな贈り物をします。また、七日目の夜には、赤ちゃんに名前もつけます。この名づけの風習は、現代にもお七夜《しちや》として受け継がれています。

高貴な家柄の子どもの場合、**幼児のうちは母方《ははかた》の実家で育てる**のが一般的でした。産養も母方の実家で盛大に催すことが多かったようです。

## ◆五十《い》日《か》の祝《いわい》・百《もも》日《か》の祝《いわい》

**＝誕生五十日目・百日目の祝い**

**誕生後五十日目**と**百日目**には特別の祝宴が行われました。これを「五十日の祝」「百日の祝」といいます。「五十日」は「**いか**」、「百日」は「ももか」と読みます。赤ちゃんの口に餅《もち》を含ませる形式的な**食《く》い初《ぞ》め**の儀式です。儀式が終わると、おとなたちは宴会をします。

「五十日の祝」の有名な章段が『紫式部《むらさきしきぶ》日記』にあります。**藤原道長《ふじわらのみちなが》**は、娘の**中宮《ちゅうぐう》彰子《しょうし》《あきこ》**が産んだ若宮（天皇の息子）のために五十日の祝を催し、**紫式部**（彰子の女房《にょうぼう》）に和歌を作らせました。

---

「**いかに**いかが／かぞへやるべき／八千歳《やちとせ》の／あまり久しき／君が御代《みよ》をば」（①五十日の祝に、②どのようにどうして数え上げることができるでしょう。幾千年も続く若宮の御代を）。この歌の「いかに」は「**①五十日《いか》に**」と「**②如何《いか》に**」の掛詞《かけことば》になっています。若宮の末長い御多幸を祈る巧みな和歌は、道長を大いに喜ばせました。

また、『夜の寝覚《ねざめ》』（15ページ参照）には、大納言の姫君が「御五十日」「百日」を過ぎて日に日に愛らしくなっていく場面の描写があります。

## ◆袴《はかま》着《ぎ》＝初めて袴を着ける儀式

**男女**とも、**三歳から七歳**くらいの間《あいだ》に「袴着」の儀式をします。幼児から**児童の年齢に達したことを祝う**節目《ふしめ》の儀式で、昔はこれくらいの年齢で一人前《いちにんまえ》の子どもとみなしました。儀式が終わると、音楽の催しや宴会があります。今の七五三はこのなごりです。

## ◆元《げん》服《ぶく》・初《うい》冠《こうぶり》・冠《こうぶり》＝男子の成人式

皇族や貴族の息子たちは、**十二歳**ごろに**成人式**を迎えます。これを「元服」といいます。児童のうちは男女とも髪形をオカッパ頭にしているのですが、男子は元服のときに髪を結《ゆ》い、頭に「**冠**」（152ページ参照）をのせます。だから、元服を「初冠・冠」ともいいます。

天皇や皇太子の元服の場合は、髪を整え冠をかぶせる役目をするのは、大臣たちです。貴族の男子は、元服のあと、宮中《きゅうちゅう》に出ます。将来は大臣や大納言《だいなごん》などに出世するエリートですから、多くの場合はいきなり「五位」の位をもらいます（152ページ参照）。

◆「元服」は、現代では「げんぷく」ですが、古文では「げんぶく」です。

## ◆裳着《もぎ》 ＝ 女子の成人式

皇族や貴族の娘たちは、**十二歳**ごろに**成人式**を迎えます。日取りは、**結婚を間近に控えた時期**を見はからって決めます。一人前《いちにんまえ》の女性になったという証《あかし》に着物の上から「**裳**《も》」（154ページ参照）を着けるので、女子の成人式を「裳着」といいます。また、成人式のときに髪を束ねます。これを「髪上げ」といいます。

ついでにいうと、成人後の女性はお化粧をします。化粧をすることを「化粧《けそう》ず」「つくろふ」といいます。白粉《おしろい》を塗り口紅をつけるほか、眉《まゆ》を抜いて**眉墨**《まゆずみ》**で描**《か》**き**、**歯を黒く染め**ます。眉を整えることを「引眉《ひきまゆ》」、歯を染めることを「**歯黒**《はぐろ》**め**」といいます。

## ◆四十《よそじ》の賀《が》・五十《いそじ》の賀《が》…＝四十歳から十年ごとの長寿の祝い

皇族（天皇家）や貴族は、**四十歳**から始めて**十年ごとに長寿のお祝い**をします。これを「算賀《さんが》」「年賀《ねんが》」といいます。古文の評論文には「算賀・年賀」の用語が使われることもありますが、古文の原文には「四十の（御《おん》）賀・五十の（御）賀…」などと具体的な年齢で出てきます。年齢は「四十《よそじ》・五十《いそじ》・六十《むそじ》・七十《ななそじ》・八十《やそじ》・九十《ここのそじ》」と読みます。

年賀の当日は、いろいろな人から贈り物をもらいます。また、その時代の一流歌人に**祝賀の和歌**を詠《よ》んでもらいました。祝賀の歌は「いついつまでも長生きしてください」という長寿を祈る内容と決まっています。だから、**幾千年も栄《さか》えあれ**という意味で、「**千代《ちよ》**」「**八千代《やちよ》**」「**葦田鶴《あしたず》の齢《よわい》**」などの常套《じょうとう》文句が使われます。今も「鶴は千年」というように、長寿の象徴とされていますね。また、不老不死の仙人が住むという中国の伝説の霊《れい》山《ざん》「蓬莱山《ほうらいさん》」も縁起《えんぎ》がよいので、和歌中によく用いられます。さらに、院（もと天皇）・天皇など治世者《ちせいしゃ》の年賀の場合は、その方《かた》の治める時代が続くようにとの祈りを込めて、「**君が（御《み》）代《よ》**」という言葉も和歌のなかによく入れられます。

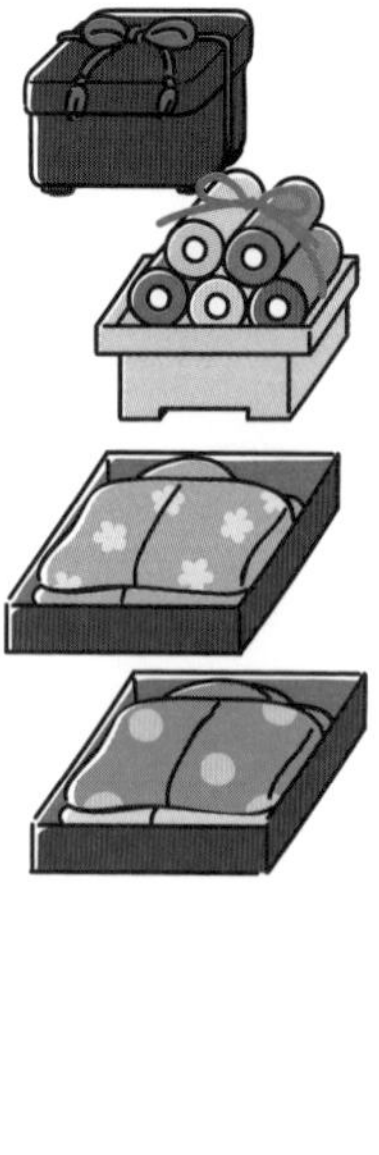

＋α もっと知りたい古文の世界

# 人の魅力を表現する古語 2

| 古語 | 現代語訳 | 解説 | 使われ方のイメージ（※該当古語以外は現代語にしています） |
| --- | --- | --- | --- |
| こころにくし | 奥ゆかしい | 「憎い」という気持ちではなく、深みがあって心ひかれる魅力を表す言葉です。 | 姫君は見た目も心根も立居ふるまいもこころにくく見える。 |
| めやすし | 見ためがよい・見た感じがよい | 受ける印象のよさを表現する言葉です。 | 髪がゆったりとしてたいへん長く、めやすき人である。 |
| なまめかし | 優雅だ・優美だ | 「生めかし」と書きます。男女ともに使われる、しっとりとした上品な魅力を表すほめ言葉です。 | 関白はほっそりとなまめかしく、身を整えていらっしゃる。 |
| あて（なり） | 高貴だ・上品だ | 漢字では「貴」と書きます。 | あてなる男に娘を嫁がせるのが父の夢だった。 |
| をかし | 美しい・かわいい | 自分のすぐそばに招き寄せたいと思うほど好感をもつ、というのがもとの意味。美しくかわいいものに好感を持つ、ということですね。「趣深い・風流だ」という意味もあります。 | をかしき額の女の姿が、簾越しに見える。 |

## ◆中《ちゅう》陰《いん》＝人の死後四十九日間

人が死んだ場合はお葬式をし、**四十九日《しじゅうくにち》**の間、法事をします。お葬式は「弔《とぶら》ひ《い》」といいますが、不幸についてはは明確な表現を避けたがる平安文学では「**煙《けぶり》**」「野辺《のべ》送り」という表現で火葬・土葬を意味しました。ついでに、都にあった有名な**火葬場**は「**鳥辺山《とりべやま》**・**鳥辺野《の》**」、**共同墓地**は「**化野《あだしの》**」です。文中に出てきたら、**葬儀に関する場所**だと理解してください。

また、「死ぬ」という表現も避けて、「**失《う》す**」「**はかなくなる**」「**いたづらになる**」「隠る」「みまかる」などといいます。比喩《ひゆ》表現には「露と消ゆ」「(海の)藻屑《もくず》となる」もあります。

仏教では、故人の魂は四十九日間さまよい、そのあと極楽《ごくらく》か地獄へ落ち着くものと考えられています。亡き人の**極楽往生《おうじょう》**を祈って、読経《どきょう》など法事をしました。この四十九日間を「中陰」または「中有《ちゅうう》」といいます。四十九日を古文では「**七七日**」と書き、「**ななぬか**」と読みます。「七《なな》×七日《なぬか》＝七七日《なななぬか》(四十九日)」という発想です。

## ◆忌《き》日《にち》・忌《き》月《づき》・年《ねん》忌《き》＝さまざまな法事

故人が死亡した日に当たる日は、故人を偲《しの》んで**法事**をします。たとえば二月十日に亡くなった場合は、三月十日・四月十日…などと毎月十日に法事をするのです。これを「**忌日**」といいます。高位の人の法事には多くの僧を呼びます。僧たちの首席を「**導師**《どうし》」といいます。また、教典の講義をして説教をする僧を「**講師**《こうじ》」といいます。

死亡した月に当たる月を「忌月」といいます。先ほどの例でいうと、二月が忌月になります。

---

「年忌」は毎年の命日《めいにち》（故人が死亡した月日）に行う法事のことです。先ほどの例でいうと、毎年の二月十日が年忌となります。この風習は今も続いていて、一周忌《き》・二周忌…などといっていますね。昔は、一年忌・二年忌…といいました。平安時代は十三年忌まで行います。また、**死後一年目**に当たる「一年忌」を「**はて**」といいます。喪《も》に服《ふく》す期間が果てる（終わる）からです。また「一年忌の法事」を「**はてのわざ**」といいます。

## ◆喪《も》・服《ぶく》・服《ぶく》喪《も》

**＝人の死を悼《いた》み、哀《かな》しみに引きこもること**

近親者の死後、**哀悼《あいとう》**の意を表し、派手な行動を慎《つつし》むことを「喪」「服」「服喪」といいます。肉食や酒を絶って**読経《どきょう》**などに勤めます。また部屋の調度品も**地味な色**にし、青鈍色《あおにびいろ》（濃い藍《あい》色）の簾《すだれ》・同色の縁《ふち》の畳《たたみ》に変えます。服装も**黒っぽい**着物にしました。文章中に「御衣の色変はりぬ」などとあれば、喪服を着たということです。今も近親者の死後、一定の期間は同じようなことをし、これを「喪に服す」といいますよね。

「服喪」の期間はどれくらいかというと、**一年忌が終わるまで**となります。一年忌の服喪が終わることを「**はて**」というのでしたね。あるいは、喪服を脱ぐところから、「服ぬぐ」「除服《じょぶく》」ともいいます。ほかには「喪が明く」という表現もあります。このとき喪服を脱ぎ、河原などに行って身を浄《きよ》め、人の死によって受けた**穢《けが》れや禍《わざわい》を祓《はら》い**ます。現在では、塩を体にふりかけることですませていますが、考え方は同じです。

肉食や酒を絶って仏教のことに没頭することを「**精進《しょうじん》**」といいます。

今、豆腐や野菜など、殺生《せっしょう》しない（材料に動物を使わない）料理を精進料理というのはここからきています。

# 第2章

# 天皇家の人々と宮中の建物

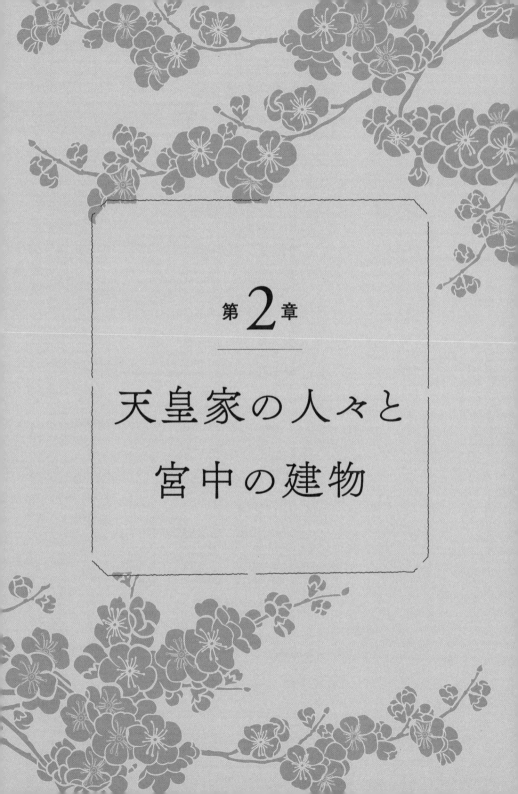

## ❖凄《すさ》まじいバトルにびっくり！ 天皇家の勢力争い

天皇には多くの妻がいました。妻は一般的に貴族の娘です。貴族のなかにもランキングがあります。父親がどのランクの貴族であるかによって、妻のランキングも決まります。お父さんがエライと、その娘もエライというわけです。また、逆に、娘が天皇にかわいがられたり、男の子を出産したりすると、お父さんも大切にされて、より出世します。だから、当時の結婚には、妻とその一族の幸福がかかっていました。

妻がたくさんいるのだから、子どももたくさんいます。男の子は、そのうちのひとりが皇太子として選ばれます。なかには高い役職をもらって宮中《きゅうちゅう》で仕事をする男子もいます。女の子は、おとなになると身分の高い人と結婚しますから、原則として仕事はしません。

これら天皇家の人々について、くわしく説明しましょう。ひとりひとりの呼び名は今とは違うものが多いので、だれが何と呼ばれたかの理解を助ける解説もつけました。

## ◆帝《みかど》・御《み》門《かど》・内《うち》・内裏《うち》《だいり》＝天皇

天皇を意味する言葉は、これ以外にもたくさんありますが、よく目にするものだけを見出しにあげました。「帝」は日本国の帝王ということですから理解できますね。「御門」は、宮中《きゅうちゅう》のぐるりが門で囲まれていて、天皇がそのなかに住んでいらっしゃるからです。「内・内裏」は、もとは「宮中」を意味する言葉で、その君主である天皇のことも意味するようになりました。これ以外にも「**君《きみ》・上《うえ》・御前《ごぜん》《おまえ》**」といういい方もありますが、これらは天皇以外の位の高い人々にも使います。場面や文脈で判断してください。

また、「**当代《とうだい》・今上《きんじょう》**」は、文字どおり「今」の「時代に当たる」天皇のことで、「**現在の天皇**」の意味です。それから、『枕草子《まくらのそうし》』によく出てくる呼び名に「上の御前」もあります。

天皇は、**神が人間の姿で現れたもの**（**現人神《あらひとがみ》**）と考えていました。その証《しるし》として**三種《さんしゅ》の神器《じんぎ》**を持っていました。「神だけが持つ三種類の宝の器具」のことで、具体的には「**鏡・玉・剣《つるぎ》**」です。天皇が位を譲るときは、この三種の神器も譲ります。

◆「内裏」は漢文体・和漢混交文・現代文では「だいり」と読みますが、和文体の多い平安文学では多くは「うち」と読みます。

## ◆中宮《ちゅうぐう》・宮《みや》・后宮《きさいのみや》・后《きさき》《きさい》・皇后《こうごう》

**＝天皇の正妻**

天皇には多くの妻がいましたが、古文では「中宮」が**第一位の妻**だと考えてください。妻たちのなかで**最も位の高い父親を持った女性**が中宮となります。ふつうはひとりの天皇に対してひとりの中宮が選ばれますが、まれにふたりの中宮が立つこともありました。ふたりの父親が同等のランクで甲乙つけがたい場合に起こります（7・8ページ②③⑥参照）。ふたりの中宮が並び立つと呼び名が紛らわしいので、一方を「**皇后**」と呼び換えます。

ところで、結婚していきなり中宮の座につくわけではありません。当時の結婚はとても早くて、たいていは天皇がまだ皇太子のうちに結婚します。夫が**皇太子から天皇になる**と、**第一位の妻も中宮となる**のです（57ページ参照）。これを「立后《りっこう》」といいます。正式に「后として立つ」ことです。

見出しのなかの「宮」は、中宮以外の天皇家の人々にも使われます（65ページ参照）が、圧倒的に「中宮」の場合が多いので文脈に矛盾のない限りは中宮と思ってください。「**后**」や「**后宮**」は「皇后・中宮」をつづめた言葉なので理解できますね。

また、「**宮の御前**《ごぜん》《おまえ》」という表現も『枕草子《まくらのそうし》』などに頻繁に見られます。

## ◆女御《にょうご》・更衣《こうい》・尚侍《ないしのかみ》・御匣殿《みくしげどの》＝天皇の妻・皇太子の妻

ここに列挙した女性は、すべて**天皇の妻**です。**身分の高い順**から「**女御―更衣**―尚侍―御匣殿」と呼ばれます。妻の身分は実家の父親の身分に従います。たとえば大臣以上の娘なら「女御」などと決まっているのです。つまり、これらの呼び名は「**天皇の妻**」**という役割**と「**父親が何者か**」**の身分**を示す呼称なのです。だから、女御と呼ばれる妻は複数いるし、更衣も複数います。結婚後に、ランクが変わることもあります。実家の父親が**出世**した場合です。あるいは、**子どもをたくさん産む**ことでも評価が上がります。

見出しに「皇太子の妻」ともあります。疑問に思われるかもしれませんが、理屈は簡単です。たいていは皇太子のうちに結婚しますので、天皇になっても妻の呼び名は同じなのです。皇太子の妻としては「女御」が最高のランクですが、天皇となった時点で、**女御たちのなかから**「**中宮**《ちゅうぐう》」**をひとり**（まれに、ふたり）**選ぶ**ことになります。

### 「中宮」候補の女御たちのイジメ合戦

「中宮」という別格の地位をめざして、彼女たちは互いに競い合います。より**多くの子どもを産む**ためには、天皇により回数多く愛されなければなりません。彼女たちは宮中《きゅうちゅう》にそれぞれの部屋（72・73ページ参照）を持っていて、天皇と愛し合うときは、廊下を通って天皇の部屋に呼ばれていくのですが、自分以外の妻が呼ばれて愛されるのを、通り路《みち》で妨害することもあります。ライバルをひとりでも減らすためです。特に、中宮《ちゅうぐう》候補である**女御**《にょうご》たちは、下の身分の妻たちが子宝《こだから》に恵まれて女御の地位にランクアップすることを嫌い、邪魔《じゃま》したりイジメたりしました（74ページ参照）。女の嫉妬《しっと》はコワイですね。

ただ、彼女たちは、単なるヤキモチでイライラしているのではありません。彼女たちの細い肩の上には、**実家の一族の繁栄**がかかっているのです。もしも**中宮**になり、うまく**皇太子**となる男子を産めたら、一族の栄華は揺るぎのないものになるからです（61ページ参照）。

## 妻たちをまとめて「御息所《みやす(ん)どころ》」「後宮《こうきゅう》」とも

「女御・更衣《こうい》・尚侍《ないしのかみ》・御匣殿《みくしげどの》」をまとめて「**御息所**」と呼びます。男（天皇）にとっては、正妻（中宮）のところは堅苦しく、**第二夫人以下**のほうが「ホッと息がつける場所」だったのかもしれませんね。また、これらの妻に「中宮」を加えた**すべての妻**を、「**後宮**」といいます。宮中の後ろのほう（北側）にそれぞれの部屋があったからです（73ページ参照）。

## 宮中の女たち

内侍・女房・女官・下仕・童・乳母については、113～122ページで説明します。

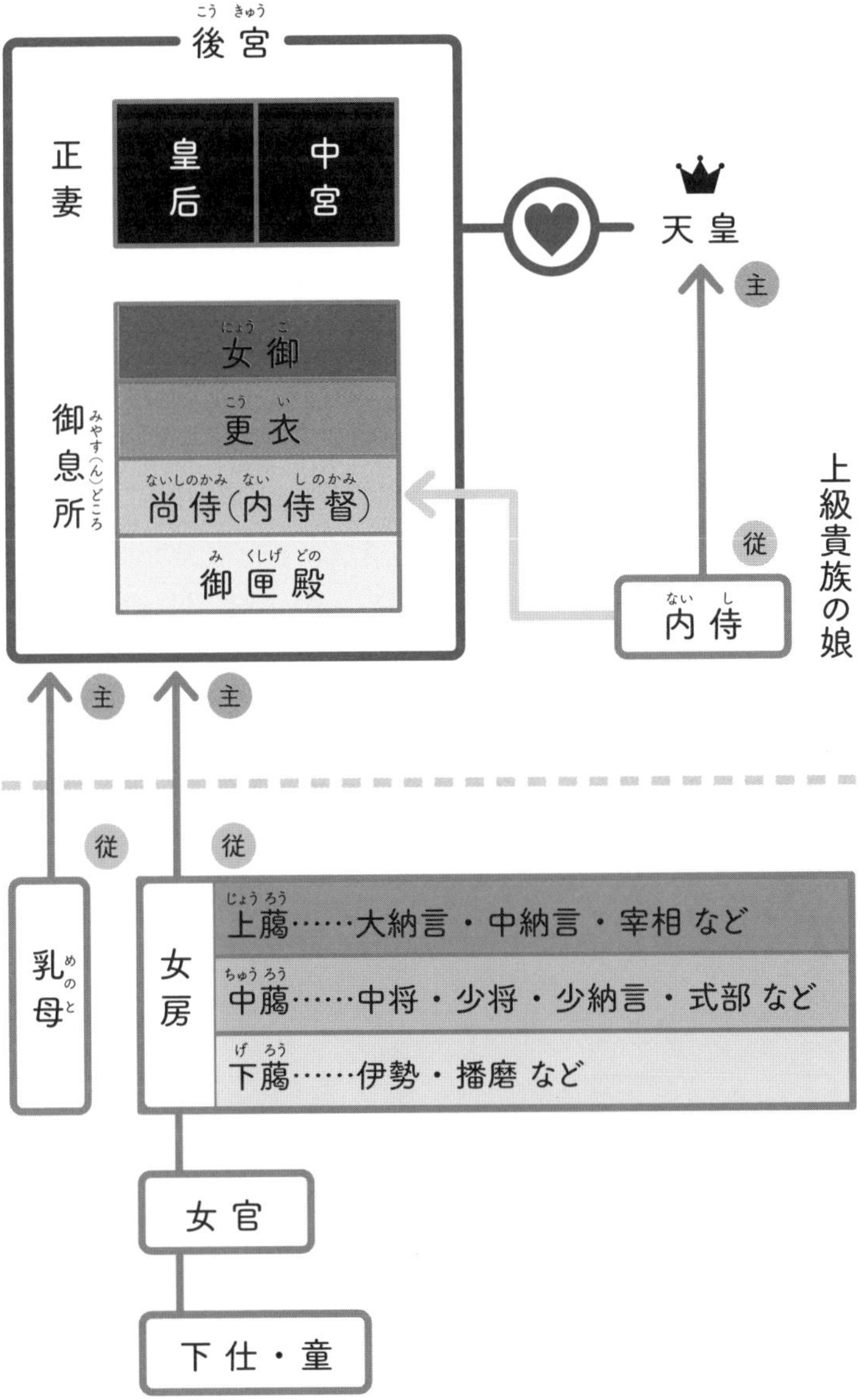

## ◆親王《しんのう》《みこ》＝皇子《おうじ》の位

多くの妻を持つ天皇には多くの子どもたちがいます。**皇族の一員**として認める息子（皇子）には天皇から「**親王**」の位が与えられます。「親王」は「みこ」とも読みます。たくさんの親王のなかから、ひとりを選んで**皇太子**にします。

ついでにいうと、天皇の息子であっても、母親の身分によっては、皇太子にもなれず親王の位ももらえない男の子もいます。彼らは成人すると、「**ただ人《うど》**」すなわち**天皇の家臣《かしん》**として宮中《きゅうちゅう》で働きます。これを「**臣籍《しんせき》に下《くだ》す**」といいます。ところで、天皇家には苗字《みょうじ》というものがありません。

臣籍に下った天皇の息子たちは、働くときに姓がないと不便なので、天皇から「**源《みなもと》**」の姓をもらいました。これを「**賜姓源氏《しせいげんじ》**」といいます。『源氏物語』の光《ひかる》源氏は、この立場に相当します。

## ◆内親王《ないしんのう》＝皇女《おうじょ》の位

天皇の娘で**皇女**の位をもらった人を「**内親王**」といいます。ふつうは高貴な男性と結婚し、働きません。ただ、斎宮《いつきのみや》・斎院《さいいん》として、数年間神社にお仕《つか》えする人もいました（62ページ参照）。

天皇の子どもたちも、幼少のうちはたいてい母《はは》方《かた》の実家で育てられます。

## ◆東宮《とうぐう》・春宮《とうぐう》 ＝ 皇太子

＊「太子《たいし》」ともいう

**次の天皇**になることが決められている方《かた》をいいます。天皇と血のつながりのある男性（弟・息子・孫など）のだれかが、皇太子となります。

多くの場合は、息子が皇太子になります。たくさんいる天皇の親王《しんのう》（皇子《おうじ》）たちのなかからひとりを選びますが、必ずしも長男とは限りません。

---

皇太子となるべき人の**産みの母のランク**や、その**一族の勢力**などが決め手となります（58ページ参照）。

「東宮」「春宮」とも「**とうぐう**」と読みます。「東南西北」を「春夏秋冬」に当てると「東＝春」だから「東宮＝春宮」なのです。

## ◆斎宮《いつきのみや・さいぐう》・斎院《さいいん》＝神に仕《つか》える未婚の内親王《ないしんのう》

天皇家に深い関わりのある神社に、**伊勢《いせ》神宮**と**賀茂《かも》神社**があります。それぞれの神社には、天皇に代わって神を祀《まつ》り、さまざまな**神事をとりしきる女性**がいます。その女性を、伊勢神宮のほうは「**斎宮**」、賀茂神社のほうは「**斎院**」と呼びます。一生この任務を続けるわけではなく、原則として、天皇が即位するたびに、新しく選びなおされました。

斎宮・斎院は、**神の妻**であると考えられていました。尊い神に見合う女性は、天皇の娘以外にはありえないし、まして人間の男性と関係した女性などもってのほかです。だから、「**天皇の娘**（**内親王**）」であり「**未婚**」であるという二つの条件を同時に満たす人でなければなりません。また、彼女たちは、斎宮・斎院でいる限り**結婚しません**。ちょうどカトリックのシスターがキリストの妻として身を捧げ、結婚しないのと同じです。任期が終わって結婚する場合でも、皇族か最上級貴族の男性とでなければ許されませんでした。

昔、天皇は**現人神《あらひとがみ》**（神が人となって現れた姿）だと考えていました。「神＝天皇」だから、神の妻である「**斎宮・斎院**」は、天皇の妻である「**中宮《ちゅうぐう》**」と**同格の扱い**を受けます。

◆「斎宮」はひらがな文学では「いつきのみや」と表記されます。「斎院」はふつう漢字表記です。

## ◆院《いん》・太《だい》上《じょう》天《てん》皇《のう》・上《じょう》皇《こう》・法《ほう》皇《おう》＝もと天皇

天皇が引退して皇太子に皇位を譲ると、「**院**」と呼ばれます。昔は生きているうちに位を譲ることが多かったので、「もと天皇」の呼称が必要だったのです。引退しても隠居《いんきょ》するわけではなく、**政治のことに口出し**します。ちょうど大企業の社長が引退して会長となり、会社を動かしているのと同じです。特に平安後期は**院の発言力が強く**、平安中期の摂政《せっしょう》・関白《かんぱく》（93ページ参照）に取って替わって、政治を動かしました。

見出しにあげた「太上天皇・上皇」は、その字に「天皇よりも上」の意味が表れていますね。また、院は、たいていの場合は**出家《しゅっけ》**しました。見出しの「法皇」は「仏法に入った天皇」の意味で、これもまた院であることを字が示しています。ただし、出家したとはいっても仏道に専念するわけではありませんので、文章を読むときは仏教性を考える必要はありません。とにかく、これらの呼び名が「**もと天皇**」であることさえ理解していれば十分です。

生きているうちにつぎつぎと天皇が引退して、院がふたりになった場合は、区別するために古い順から「**本院―新院**」、三人の場合は「**本院―中院―新院**」と呼びます。

## ◆女院《にょういん》・〜門院《もんいん》・大后宮《おおきさいのみや》・大宮《おおみや》 ＝ **皇太后《こうたいごう》**

**＊院の妻・天皇の母**

天皇が「院」になると、妻である皇后《こうごう》・中宮《ちゅうぐう》も「**女院**」と呼ばれるようになります。いわゆる「**皇太后《こうたいごう》**」のことです。院の妻であると同時に、新天皇の母上でもありますので、皇后よりも偉大な存在となります。

女院は「**〜門院**」という名で呼ばれることもあります。どの女院か区別するために、「上東《じょうとう》門院」「建礼《けんれい》門院」「藻壁《そうへき》門院」などと宮中《きゅうちゅう》の門の名前をつけて呼び分けました。すべて女院のことだとわかってください。文章中は「〜門院」の表現のほうがよく出てきます。また、「中宮より偉大だ」という意味で、「大后宮・大宮」ともいいます。

女院も院と同じく、**政治に口出し**します。息子である新天皇に泣きついて、**人事に影響を与える**こともありました（8ページ⑧参照）。

## ◆宮《みや》＝天皇家の人々

**天皇家**の人々（皇族）は、すべて「宮」と呼ばれます。「中宮《ちゅうぐう》・后宮《きさいのみや》」「東宮《とうぐう》・春宮《とうぐう》」というふうに、皇后《こうごう》・皇太子に「宮」という字がつくのはそういうことです。

皇太子以外の親王《しんのう》・内親王《ないしんのう》（皇族と認められた天皇の息子・娘）も、同じように「宮」と呼ばれます。今でも秋篠宮《あきしののみや》とお呼びしますね。名前につけるだけでなく、兄弟姉妹の順に「**一の宮・二の宮・三の宮…**」などともいいます。また、幼いうちは親王（男の子）を「**若宮**」、内親王（女の子）を「**姫宮**」ともいいます。また、子どもたちが天皇を「父宮」、中宮を「母宮」と呼ぶ場合もあります。

また、伊勢《いせ》神宮の「斎宮《いつきのみや》」も、天皇の娘ですから「宮」とついています。

とにかく「〜宮」とつく限り、すべて**皇族**であると理解してください。

ただし、単に「宮」とだけ出てくるときは、99パーセント「**中宮**」を意味します（56ページ参照）。特に**まわりに女房《にょうぼう》たちがいる場合**は、「中宮」です（114・115ページ参照）。文脈上「中宮」ではおかしいと判断されるときだけ、ほかの皇族の可能性を考えてください。

## ❖建物の名前で住んでいる人がわかる！

天皇とそのご家族の生活なさる場を〝内裏《だいり》〟といいます。今でいう皇居のことです。内裏のなかに、天皇の住まわれる建物・天皇の妻たちが住まわれる建物・儀式を行う建物などいろいろな建物があり、それぞれに名前がついていました。一般に「宮中《きゅうちゅう》」というのは、この〝内裏〟のことを意味します。

内裏のまわりには、いろいろなお役所がありました。今でいう諸官庁のことです。内裏と諸官庁を合わせた全部の敷地を〝大《だい》内裏〟といいます。

大内裏の各役所は脚注がつきますが、内裏のなかのさまざまな建物については、知っているものとして話が進むことがあります。建物の名前が人物の呼び名として用いられることもありますので、だれが住んでいるかを理解しておきましょう。

辞書や国語便覧《びんらん》などの資料集にはすべて細かく書いてありますが、本書では、おもな建物に限って説明します。特に、天皇の多くの妻たちが住まいした建物の名前は、文章を読むうえでとても重要です。

## ◆内《うち》・内裏《うち》《だいり》・九重《ここのえ》・雲《くも》の上《うえ》

= **内裏《だいり》・宮中《きゅうちゅう》**

大《だい》内裏のなかの天皇とそのご家族の住まいを、まとめて**内裏**もしくは**宮中**といいます。「内裏」は「だいり」とも読みますが、和文体の多くは「**うち**」と読みます。「内」も同じく「うち」と読み、宮中を意味します。「内・内裏」は、「宮中」を意味すると同時に、「天皇」ご自身を表す言葉でもあります（55ページ参照）。雛《ひな》祭りの男女一対《いっつい》の雛人形は天皇・皇后《こうごう》（中宮《ちゅうぐう》）なのですが、男雛を「お内裏様」といいますね。文中の「内・内裏」が、**宮中**なのか、**天皇**なのかは、文脈で判断してください。

---

「九重」は「**ここのえ**」と読みます。この言葉の由来は中国から来ていて、中国の皇帝の城が九重の塀《へい》で守り固められていたところから、君主の居《きょ》所《しょ》として日本の内裏にも当てはめられました。漢文・漢詩・和文・和歌のどの文体にも使われますので、知っていると理解が進みます。「雲の上」は**和歌**によく見られる表現です。天皇を太陽に見立てて、その居所である宮中を天に見立てて「雲の上」と呼んだのです。「雲居《くもい》」も同じです。

評論文には「禁中《きんちゅう》・禁裏《きんり》」も使われます。「一般の出入り禁止」の場所だからですね。

## 内裏の図

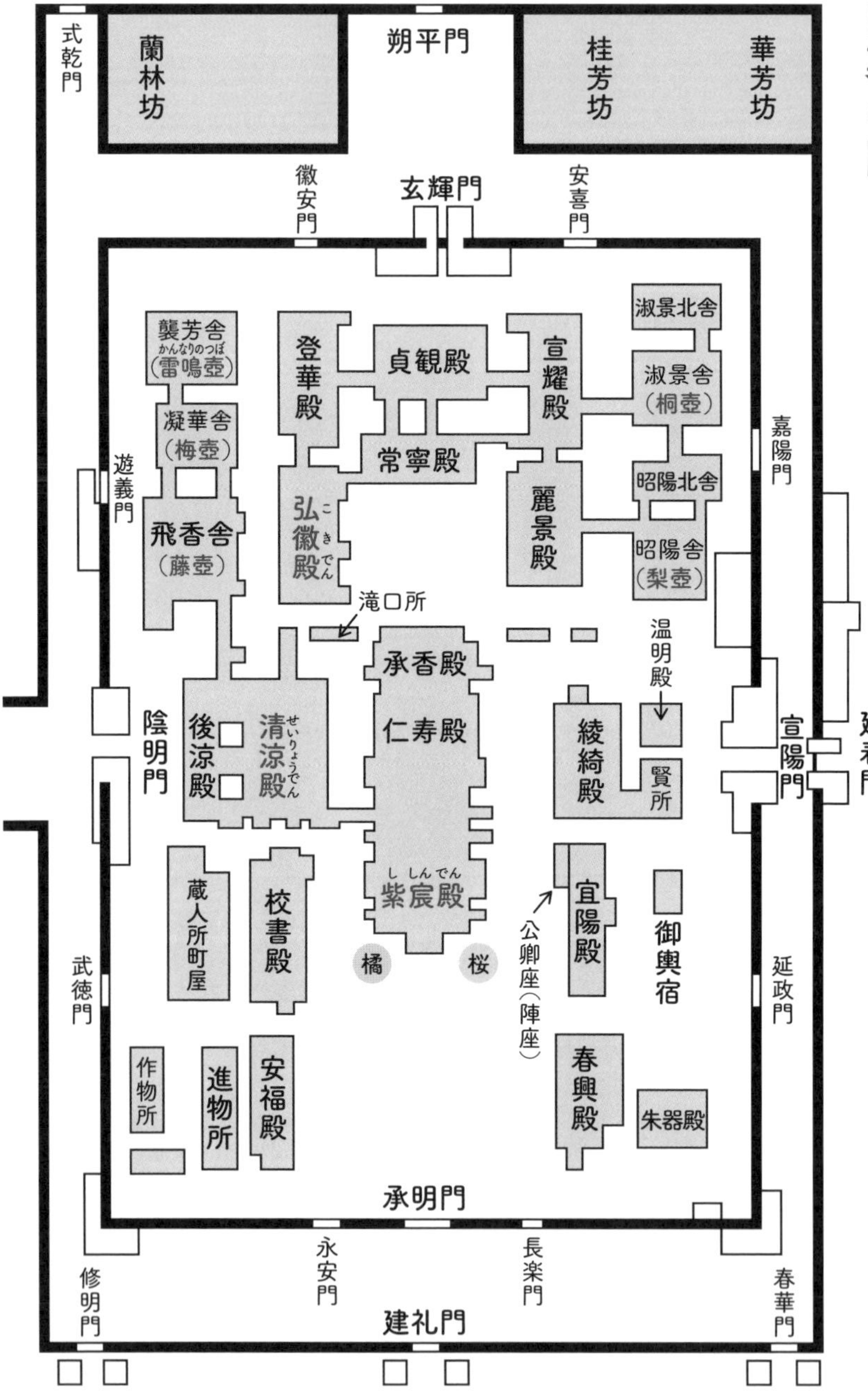

朔平門
式乾門
蘭林坊
桂芳坊
華芳坊
徽安門
玄輝門
安喜門
襲芳舎
(雷鳴壺《かんなりのつぼ》)
凝華舎
(梅壺)
遊義門
飛香舎
(藤壺)
登華殿
弘徽殿《こきでん》
貞観殿
常寧殿
宣耀殿
麗景殿
淑景北舎
淑景舎
(桐壺)
昭陽北舎
昭陽舎
(梨壺)
嘉陽門
滝口所
温明殿
承香殿
仁寿殿
後涼殿
清涼殿《せいりょうでん》
陰明門
綾綺殿
賢所
宣陽門
建春門
紫宸殿《ししんでん》
橘
桜
公卿座(陣座)
宜陽殿
御輿宿
蔵人所町屋
校書殿
武徳門
延政門
作物所
進物所
安福殿
春興殿
朱器殿
承明門
永安門
長楽門
修明門
建礼門
春華門

## ◆紫《し》宸《しん》殿《でん》

＝ **公的な行事の場**

**内裏《だいり》の中心**となる正式の御殿《ごてん》（正殿《せいでん》）で、天皇の元服《げんぷく》や即位など**重要な儀式**を行う場所です。南向きに建っているので「**南殿《な(ん)でん》**」ともいいます。紫宸殿のさらに南側は庭になっていて、その庭で行事が行われることもありました。

◆即位式は、もとは大内裏の太極殿《だいごくでん》で行われましたが、平安時代中期以降は紫宸殿が舞台となりました。

◆「南殿」は、紫宸殿の場合は「なでん」「なんでん」の二つの読みがあります。

## ◆清涼殿《せいりょうでん》＝天皇の私生活の場

清涼殿は、平安文学の文章中によく出てきます。天皇が**私生活**をお送りになる建物です。

清涼殿のなかは、さらにいくつかの部屋に分かれていて、とりわけ重要な部屋は「**昼の御座《ひのおまし》**」「**夜の御殿《よるのおとど》**」「**殿上の間《てんじょうのま》**」の三つです。「昼の御座」は、文字どおり昼間の生活をなさる部屋で、日常の政務もここでなさいます。「夜の御殿」は寝室で、多くの妻たちはこの部屋に呼ばれて愛し合いました。そのために、清涼殿は、多くの妻たちのそれぞれの部屋と渡り廊下（渡殿《わたどの》）で結ばれています（68・72・73ページ参照）。

「殿上の間」は、**宮中《きゅうちゅう》で働く位の高い貴族が天皇のお言葉を聞くために集まる部屋**でした。この部屋に入ることを「昇殿《しょうでん》」といい、昇殿の許された人々を「**殿上人《びと》**」といいます（100ページ参照）。

このほか、清涼殿の西側には「朝餉の間《あさがれいのま》」「台盤所《だいばんどころ》」という部屋もあります。「朝餉」は字のとおり「朝食」などの簡単な食事のこと。「台盤所」は「盤」を取ると「台所」とわかりますね。女官《にょうかん》たちがここで天皇の食事のお世話をしたのです。

# 清涼殿の図

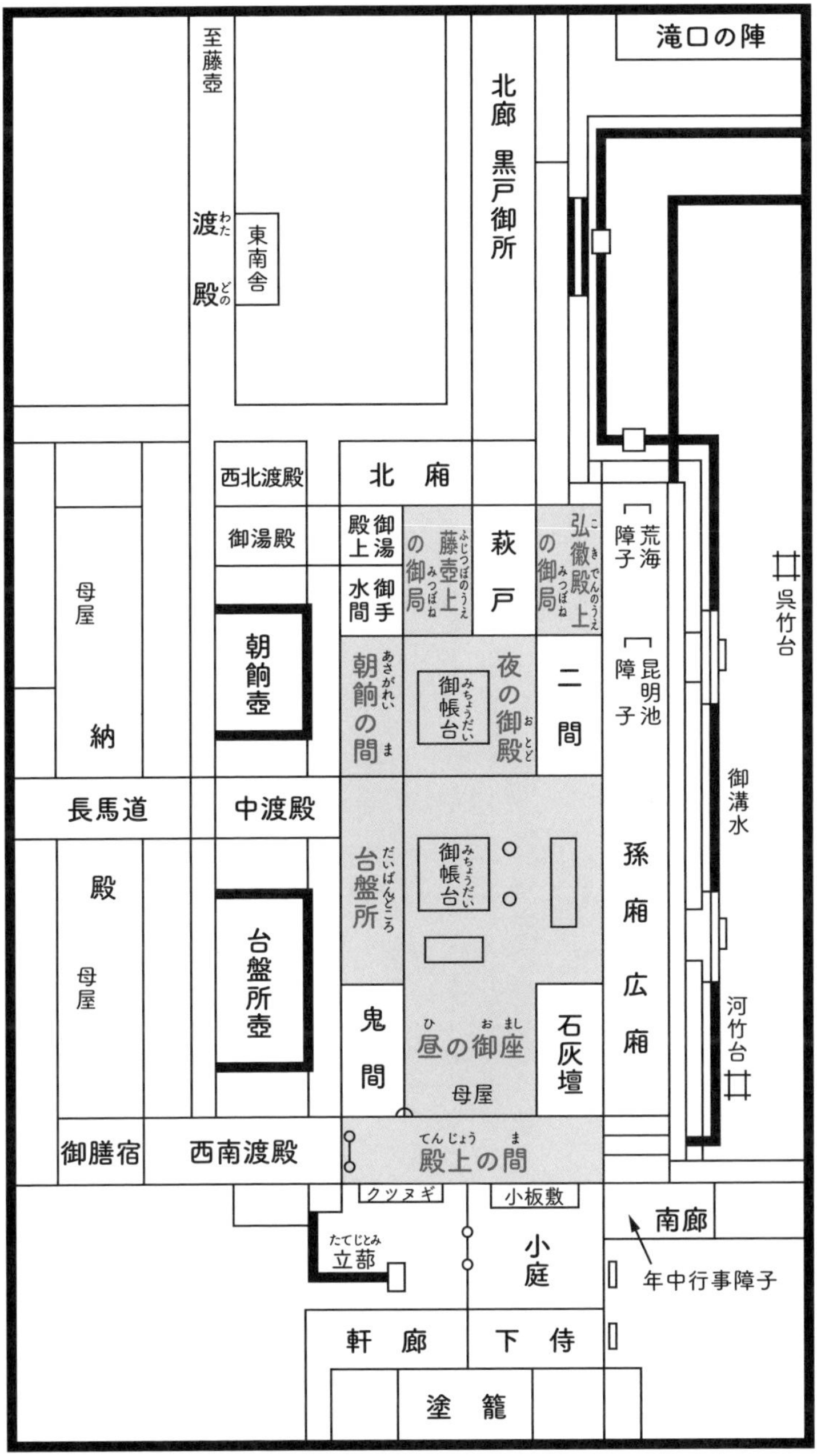
滝口の陣
北廊
黒戸御所
至藤壺
渡《わた》殿《どの》
東南舎
西北渡殿
北廂
御湯殿
御湯殿上
御手水間
藤壺上《ふじつぼのうえ》の御局《みつぼね》
萩戸
弘徽殿上《こきでんのうえ》の御局《みつぼね》
荒海障子
昆明池障子
呉竹台
母屋
朝餉壺
朝餉《あさがれい》の間《ま》
御帳台《みちょうだい》
夜の御殿《おとど》
二間
納殿
長馬道
中渡殿
台盤所《だいばんどころ》
孫廂
御溝水
母屋
台盤所壺
鬼間
昼《ひ》の御座《おまし》
母屋
石灰壇
広廂
河竹台
御膳宿
西南渡殿
殿上《てんじょう》の間《ま》
クツヌギ
小板敷
南廊
立蔀《たてじとみ》
小庭
年中行事障子
軒廊
下侍
塗籠

## ◆弘《こ》徽《き》殿《でん》

### ＝有力な中宮《ちゅうぐう》候補の女御《にょうご》の住まい

内裏《だいり》の北側の中央に「常寧殿《じょうねいでん》・承香殿《しょうきょうでん》・貞《じょう》観殿《がんでん》・弘徽殿《こきでん》・登華殿《とうかでん》・麗景殿《れいけいでん》・宣耀殿《せんようでん》」という七殿《しちでん》がありました。**天皇の多くの妻たち**がそれぞれに建物を与えられて住まいしていました。だから、これらの七殿は建物の名前であると同時に、そこに住む妻そのものを呼ぶ名前でもありました。

このなかで、特に注意が必要なのは「**弘徽殿**」です。多くの妻のなかの最も有力な女性が住んでいたことを理解しておきましょう。まだ皇太子のうちに結婚することが多く、天皇に即位するときに、幾人かの女御のなかからひとりの中宮が選ばれるのですが、ここには**中宮の最有力候補の女御**が住まいします。「弘徽殿女御《こきでんのにょうご》」などと文章中に出てきたら、天皇の第一夫人に当たる人だと判断してください。68ページの内裏図を見ると、**弘徽殿は天皇のいる清涼殿《せいりょうでん》にいちばん近い**ですね。それだけ愛されるチャンスが多いということです。また、ほかの妻たちのだれが天皇に呼ばれて清涼殿へ行くか、夜ごと弘徽殿（第一夫人）にはチェックできるようになっていたということです。

同じく、有力な妻の入る部屋に「藤壺《ふじつぼ》」があります。次項でくわしく説明します。

## ◆藤壺《ふじつぼ》＝有力な中宮《ちゅうぐう》候補の女御《にょうご》の住まい

先ほど述べた七殿《しちでん》の東と西に「〜舎」と呼ばれる五つの建物があります。「昭陽舎《しょうようしゃ》・淑景舎《しげいしゃ》・飛香舎《ひぎょうしゃ》・凝華舎《ぎょうかしゃ》・襲芳舎《しほうしゃ》」の五舎《ごしゃ》です。これらの建物にも、女御・更衣《こうい》などの**天皇の妻たち**が住まいしました。「淑景舎女御《しげいしゃのにょうご》」などと呼んだのです。

これらの五舎は、それぞれ別名「**梨壺**《なしつぼ》・**桐壺**《きりつぼ》・**藤壺**・**梅壺**《うめつぼ》・**雷鳴壺**《かんなりのつぼ》」ともいいます。五舎のそれぞれのお庭（壺）に植えられた植物名で呼んだのです。「雷鳴壺」は、この庭の木に落雷があったので、そう呼ばれました。古文では「〜壺」のほうがよく出ます。やはり、建物としても人物の呼び名としても使われます。どの「〜舎」とどの「〜壺」が一致するかは覚えなくても構いません。「梅壺女御《うめつぼのにょうご》」などと文章中に出てきたら、**天皇の妻のひとり**とわかれば十分です。

これら「〜壺」のなかで重要なのは「**藤壺**」です。「弘徽殿《こきでん》」と同様、**中宮の最有力候補の女御**が住んだからです。言い換えると、「弘徽殿」の父親と「藤壺」の父親は同レベルの最上級貴族だということですね。68ページの内裏図《だいり》を見ると、**藤壺も天皇のいる清涼殿《せいりょうでん》に近い**位置にありますね。弘徽殿と条件は同じです。

前項の七殿とこの五舎を合わせて「**後宮**《こうきゅう》」といいます。清涼殿の北側、宮中の後方に殿舎《でんしゃ》があるからです。「後宮」は、それらの**殿舎**を指すと同時に、天皇の妻たちをも意味します（58ページ参照）。また、このうちのひとつに皇太子が入ることもあります。

## 妻のランクと部屋割りを知ると文章がおもしろい

『源氏《げんじ》物語』の最初の巻《まき》〈桐壺《きりつぼ》の巻〉には、桐壺《きりつぼの》帝《みかど》（天皇）の妻である「弘徽殿《こきでんの》 女御《にょうご》」が、もうひとりの妻である「桐壺更衣《きりつぼのこうい》」をいじめる話があります。「**女御―更衣**」**という身分差**からいっても、「**弘徽殿―桐壺**」**という部屋割りのランク差**からいっても、弘徽殿女御は**自分より格下**の桐壺更衣が天皇に溺愛《できあい》されるのが許せないわけです。

桐壺更衣が天皇に夜召《め》されて清涼殿へ行こうとすると、弘徽殿サイドの女房《にょうぼう》たちが渡り廊下（渡《わた》殿《どの》）で待ち伏せしていやがらせをし、追い返してしまいます。身分社会なので、上位が下位に対して行うイジメは黙認されます。

　桐壺更衣は心労のため病気になって亡くなり、桐壺帝は、のちに桐壺更衣にソックリな「藤壺《ふじつぼの》女御《にょうご》」を妻として迎えます。が、さすがの「弘徽殿女御」も「藤壺女御」を公然といじめることはできません。「**女御**」**という身分**も「**弘徽殿―藤壺**」**という部屋割り**も**同格**だからです。『源氏物語』はフィクションですが、実際の宮中《きゅうちゅう》にもこのようなことがありました。もしも同格のイジメが発覚した場合は、**天皇のお叱《しか》り**を受けます。

［参考］

## ◆梨《なし》壺《つぼ》の五人

＝『後撰《ごせん》和歌集』の撰者《せんじゃ》
清《きよ》原《はらのもと》元輔《すけ》ほか五人

七殿《しちでん》五舎《ごしゃ》は、天皇の妻たちの住まいですが、そのなかの部屋を行事や会合に開放することもありました。**文化・文学のサロン**でもあったのです。文学史上有名なのは、平安時代に「梨壺」の部屋で**『後撰和歌集』**の審査会が行われたことです。

平安から鎌倉初期にかけて、**天皇や院の命令**による和歌の選定・編纂《へんさん》が行われ、八つの**勅撰《ちょくせん》和歌集**が生まれました。『後撰和歌集』は、その**第二番目**の勅撰和歌集です（16ページ参照）。『後撰和歌集』の撰者は部屋の名前で呼ばれました。梨壺に五人の撰者が集まったので「**梨壺の五人**」といいます。また、五人のなかで特に知っておきたいのは「**清原元輔**」です。「**清少納言**《せいしょうなごん》の父」であることでも有名ですね（9ページ⑮参照）。ついでにいうと、清少納言の「清」の字は「清原氏」であることを示しています。

## ◆局《つぼね》・曹司《ぞうし》＝部屋

宮中《きゅうちゅう》のさまざまな建物のなかは、さらに細かく区切られました。そういう**部屋**を「**局**」「**曹司**」といいます。部屋といっても壁で囲むことはあまりなく、板や衝立《ついたて》などで仕切っただけのものでした。

「曹司」に入る人やその用途はさまざまです。大学寮《だいがくりょう》（宮中の教育機関）の教室として使われることもあるし、宮中で働く役人や女房《にょうぼう》の控え室としても使われました。「**御**《み》曹司」と敬称がつくと、**貴族の息子**たちの部屋だったり、**中宮**《ちゅうぐう》がお使いになる部屋だったりします。つまり、男女・身分に関係なく、いろいろな人たちが使う部屋を「曹司」というのです。

それに対して、「局」を使うのは**女性**に限られています。ふつうは、住み込みで働く**女房たちの控え室**です。控え室に戻ることを「局に下がる」といいます。

「**御**《み》局」と敬称がつく場合は**高位の女性の部屋**です。たとえば、天皇の住まいである清涼殿《せいりょうでん》の夜の御殿《おとど》（寝室）の奥には、「弘徽殿上《こきでんのうえ》の御局」「藤壺上《ふぢつぼのうえ》の御局」という控え室がありました（71ページ参照）。有力な中宮候補である弘徽殿・藤壺は妻たちのなかでも別格扱いで、天皇と夜をともにするときのためにこうした別室の控えの間《ま》が用意されていたのです。

## ◆中宮職《ちゅうぐうしき》・職《しき》＝中宮に関することを扱う役所

天皇や妻たちの生活なさる内裏《だいり》の外側に、多くの役所の立ち並ぶ大内裏《だいだいり》があります。このなかで文章中によく出てくるのは「中宮職」です。ほかにも「～職」という名の役所はたくさんあるのですが、「中宮職」が最も重要なお役所だったので、単に「職」とだけ出てきた場合も、中宮職を意味することがほとんどです。

中宮職は、その字のとおり**中宮に関する一切《いっさい》を取りしきるお役所**でした。そのため、中宮が出入りされる部屋があり、「**職の御曹司《みぞうし》**」といいます。

『枕草子《まくらのそうし》』などの女房《にょうぼう》文学にたびたび出てくるので、念のため説明しておきました。**清少納言《せいしょうなごん》**がお仕《つか》えした**中宮定子《ていし》**は、ときどき職の御曹司に移り住まわれたらしく、「職におはします頃」とある章段が多くあります。ついでにいうと、『枕草子』では、**藤原道長《ふじわらのみちなが》**を「職の大夫殿《だいぶどの》」と呼んでいますが、道長は当時このお役所の長官だったのです（110ページ参照）。

また、余談ですが、春宮《とうぐう》（皇太子）のためには「春宮坊《ぼう》」というお役所がありました。

## ◆〜院《いん》・〜殿《どの》＝院（上皇《じょうこう》）・女院《にょういん》・貴族の邸宅

＊人物の場合もある

話を大内裏《だいだいり》の外に移します。天皇を引退した院（上皇）や、その妻である女院、宮中《きゅうちゅう》に出勤する貴族たちは、大内裏の近くに住居を設けました。

都は碁盤《ごばん》の目のように通りが整理されているので、多くは邸《やしき》の呼び名に**通りの名前**を用いました。堀川大路《ほりかわおおじ》にあるから「堀川殿」、一条大路にあるから「一条院」などといったのです。ちなみに平安文学によく登場する邸宅には、**源融《みなもとのとおる》の**「**河原院《かわらのいん》**」、**藤原兼家《ふじわらのかねいえ》の**「**東《とう》《ひがし》三条殿《どの》**」、**藤原道長《みちなが》の**「**土御門殿《つちみかどどの》**」などがあります。

また、**天皇や上皇の別邸や離宮《りきゅう》**（天皇の別荘となる宮殿）も「院」と呼ばれます。宇多《うだ》上皇の「亭子《ていじの》院」などです。

文学作品では必ず脚注がつきますので、神経質にだれのお邸がどんな名前と知る必要はありませんが、大内裏の外に設けられた**最上流階級の人々のお邸**だとわかってください。気をつけてほしいのは「〜院」「〜殿」と出てきたときに、それが**人物**なのか、**建物**なのかの判断です。前後の文脈で決めてください。

これらの高貴な方々の邸宅は、「寝殿造《しんでんづく》り」という独特の建築様式で建てられました（131・133ページ参照）。

## ❖オ〜ホッホ！ 宮《きゅう》中《ちゅう》言葉でゴザイマス！

宮中は、天皇・中宮《ちゅうぐう》を中心とする皇族の私生活の場であると同時に、政治を行う公《おおやけ》の場でもあります。特殊な世界なので、宮中でだけ使われる特有の用語がたくさんあります。

古文の文章に出るものだけでなく、解説などに使われる訳語も一緒にまとめて列挙しました。現代人には耳慣れない言葉なので、現代語訳そのものがわからなくて困ることが多いからです。

◆入内《じゅだい》＝天皇・皇太子と結婚するために内裏《だいり》に入ること

天皇もしくは皇太子と**結婚**するために「内裏（宮中《きゅうちゅう》）に入る」ことを「入内」といいます。

◆出仕《しゅっし》＝宮中《きゅうちゅう》で働くこと

文字どおり、宮中に「仕事に出る」ことです。男性にも女性にも使います。

◆参内《さんだい》＝宮中《きゅうちゅう》へ行くこと

「参内」は、文字どおり「内裏へ参る」で、「**宮中へ行く**」ことです。古文の文章にはあまり出ませんが、脚注や現代語訳によく使われます。

## ◆さぶらふ・はべり・伺候《しこう》す＝高位の人にお仕《つか》えする

「さぶらふ・はべり」は敬語で、**謙譲語**と**丁寧語**の二種類の用法がありますが、**高位の人のそば**にいる場面で使われたときは、**謙譲語**の用法で「高位の人に**お仕えする**」「高位の人のそばにお控えする」と訳します。高位の人のそばに付《つ》いて、いつでも命令に従えるようスタンバイしている状態です。「さぶらふ」は「候ふ」と書きます。「そうろう」とも読みます。「はべり」は「侍り」と書きます。

古文では「さぶらふ・はべり」が一般的です。「伺候す」は、古文にはあまり出てきませんが、脚注や現代語訳には使われることがあります。

## ◆ゐざる＝ひざをすべらせて移動する

女性は、着物を何枚も重ね着しているうえに、髪が床《ゆか》に届くほど長かったので、立って歩くのは重労働でした。だから、**ひざをにじって移動**します。「**膝行《しっこう》す**」ともいいます。

## ◆奏《そう》す＝天皇・院に申し上げる

「奏す」は、「言う」の**謙譲語**です。が、相手が限定されていて、**「天皇・院」に対してしか使わない**特殊な敬語です。「天皇・院に申し上げる」という意味です。「院」は「もと天皇」です（63ページ参照）。

文章中に天皇や院を意味する語がなくても、「奏す」があれば、**天皇か院が登場人物のなかにいる**と判断できます。

## ◆啓《けい》す＝中宮《ちゅうぐう》・皇太子に申し上げる

「啓す」も「言う」の**謙譲語**です。が、これも相手が限定されていて、**「中宮・皇太子」に対してしか使わない**特殊な敬語です。文章中では、圧倒的に「中宮」相手であることが多く、「中宮に申し上げる」と訳されます。

「啓す」があれば、**中宮が登場人物のなかにいる**とわかります。

+α もっと知りたい古文の世界

# 「をかし」と「あはれ」

| 古語 | 現代語訳 | 解説 | 使われ方のイメージ（※該当古語以外は現代語にしています） |
|---|---|---|---|
| をかし | 趣深い・風流だ | 客観的・理性的な表現です。清少納言は『枕草子』の中で、宮中の様子を何度も「をかし」と表現しました。社交界の「風流」を客観的に書いたのですね。『枕草子』は「をかし」の文学と評されています。 | 夕月夜の**をかし**きころに、使者に恋文を持たせて届けさせる。 |
| あはれ（なり） | 感慨深い | 主観的・感情的な表現です。江戸時代の国学者本居宣長は、紫式部の書いた『源氏物語』を「もののあはれ」の文学と評しました。人間のもつすべての感情を描ききった作品ということですね。 | 男はますます女を**あはれ**に思い、熱心に通い続けた。雨に向かって見えない月を恋しく思うのも、また**あはれなり**。恋人を亡くして以来、見るものすべてが**あはれなり**。 |

◆ 行幸《みゆき》・御幸《みゆき》＝天皇・院のお出かけ

「行幸」は「ぎょうごう」とも「みゆき」とも読みます。「御幸」は「ごこう」とも「みゆき」とも読みます。女流文学では、どちらも「**みゆき**」と表記されることが多いです。

「**天皇・院**」**にしか使わない**特殊な用語です。

「天皇・院のお出かけ」と理解してください。もともと「行幸」の「幸」も、「御幸」の「幸」も、「ユキ」は「行き」のことでした。天皇や院の外出なので、道中《どうちゅう》に危険や不幸のないことを祈り、「幸」という縁起《えんぎ》のよい字を当てたのです。

◆ 行啓《ぎょうけい》＝中宮《ちゅうぐう》・皇太子のお出かけ

中宮や皇太子の外出は「行啓」といいます。「啓」は、83ページの「啓す」の「啓」だから、

「**中宮・皇太子**」**だけに使う**とわかりますね。「行」で「外出」を意味しています。

## ◆おほやけ＝朝廷・政府

「おほやけ」は「公」の字で、国家を意味します。「**朝廷**・政府」と訳します。

もちろん、単に「公的な」の意味で使われることもあります。たとえば「おほやけばら（公腹）」は「**他人事**《ひとごと》**ながら腹が立つ**」という意味で、公平な立場での憤《いきどお》り、つまり「公憤《こうふん》」のことです。

## ◆政《まつりごと》・世《よ》・世《よ》の中《なか》＝政治

＊「世・世の中」は多義語

「政」は「**まつりごと**」と読みます。「政事」と書くこともあります。文字どおり「政治を行うこと」です。

「世」「世の中」は、いろいろな意味に用いられ、「①世間・俗世②男女の仲③**政治**」など、どの意味か文脈判断が必要です（30・212ページ参照）。

◆勅《ちょく》・宣《せん》＝天皇の命令

**天皇の命令**を「勅」「宣」といいます。「**勅**《ちょく》**命**《めい》・**勅撰**《ちょくせん》・**勅使**《ちょくし》」「**宣命**《せんみょう》・**宣旨**《せんじ》」などと使います。

◆仰《おお》せ言《ごと》＝高位の人の命令

「仰せ言」は、天皇・院・女院《にょういん》・中宮《ちゅうぐう》・摂政《せっしょう》・関白《かんぱく》などの高位の人の命令です。

◆晴《はれ》＝正式・公的

◆褻《け》＝ふだん・私的

「**晴**」と「**褻**」**は対義語**です。セットにして理解しましょう。

「晴」は、今も「晴の舞台」「晴着」と使っていますね。おおぜいの人に見てもらうような**正式**の場を意味します。古文では、「晴の衣《きぬ》」「晴の歌」などと使います。「正装」「正式の和歌」のことですね。もっとわかりやすくいうと、天皇や中宮や上級貴族の前で着る着物、天皇や院が主催する**歌合**《うたあわせ》（192ページ参照）などで発表する歌のことです。

逆に、「褻の衣」は「**ふだん**着」、「褻の歌」は「**私的**な和歌」のことです。私的な和歌とは、個人と個人がやりとりした手紙で、公に発表しない歌のことです。

## ◆時《とき》めく＝寵愛《ちょうあい》を受ける

## ◆時《とき》の人《ひと》＝時流に乗って栄える人

今でも、その時代に出世し脚光《きゃっこう》を浴びた人を、「今を時めく人」とか「彼は今や時の人だ」などといいますね。同じように、古文でも、出世したり脚光を浴びたりして、時代の流れにうまく乗った人を「時めく人」「時の人」というのです。

ただ、昔の出世は、今のように実力本位ではなく、天皇や摂政《せっしょう》・関白《かんぱく》や大臣などの権力者にかわいがられなければ成《な》し遂《と》げられません。そこで、「時めく」は、**高位の人にかわいがられる**という意味で「**寵愛を受ける**」とか「重用《ちょうよう》される」と訳します。また、「時の人」も、「**時流に乗って栄える人**」とか「寵愛を受けて栄える人」と訳します。

逆に、権力者側からいうと、相手を「時めく」ようにさせるので、「時めかす」となります。「**時めかす**」は「**寵愛する・時流に乗って栄えるようにさせる**」と訳します。また、権力者が覚えてくれるという意味で、「覚え」にも「寵愛」や「評判」の意味があります（19ページ参照）。

なお、「時の人」には「**その当時の人々**」の意味もあります。文脈判断してください。

## ◆のぼる ＝ ①高位の人のところへ行く・参上《さんじょう》する ②地方から都へ行く

低い位置から高い位置へ移動することを「のぼる」というのは今も昔も同じですが、昔は物理的な高低だけでなく、**身分の高低**にも使いました。「のぼる」は「**身分の高い人のところへ行く**」の意味で使われたのです。これを「**参上する**」ともいいます。「帝《みかど》の御前にのぼる」（天皇の前に参上する）などと使われます。逆に、「身分の高い人のところを去る」ことは「**さがる**」といいます。「局《つぼね》にさがる」などとあれば、身分の高い人のところから自分の部屋へ移動したということですね。

また、天皇のいらっしゃる都（京都）も**位の高い場所**と考えられました。だから、「**地方**から**都**へ行く」ことも「のぼる」といいます。逆に「**都**から**地方**へ行く」ことは「**くだる**」といいます。今は都は東京ですが、地方から東京行きの列車を「上り《のぼ》」、東京から地方行きの列車を「下り《くだ》」と呼んでいますね。

## ◆里《さと》＝①人里・田舎《いなか》　②実家

人の住まない野山に対して、人家のあるところを「里」といいます。今でも「人里《ひとざと》」と使っています。都という都会に対し、一般人の集落である「里」は、「田舎」という意味でもあります。「里びと」などといった場合は「田舎者」のことです。ついでにいうと、「里びと」の逆は「宮びと」（都の人）です。また「田舎風だ」の意味には「里《さと》ぶ」「鄙《ひな》ぶ」、逆に「都会風だ」の意味には「雅《みや》ぶ」があります（201ページ参照）。

まれに「里内裏」という語を文章中に見ることがあります。皇居が火災などで使えなくなると、

## ◆里《さと》内《だい》裏《り》＝臨時の皇居

大内裏《だい》の外に臨時の皇居を設けました。本来の内裏よりは田舎に移るので、これを「里内裏」といいます。今だけの臨時の皇居なので「今内裏《いま》」ともいいます。

「里」には「実家」の意味もあります。今でも、実家や故郷へ帰ることを「里帰り」といいますね。古文では「里さがり」「里通《がよ》ひ」などといいます。宮中《きゅうちゅう》に出仕《しゅっし》している女房《にょうぼう》が休暇をもらって実家に帰ったり、天皇の妻や貴族の妻が休養や出産のために実家に戻るときに使われます。また、実家で暮らすことを「里居《い》」「里住《ず》み」といいます。

## ◆宿《との》直《い》

＝宮中《きゅうちゅう》や貴族の邸《やしき》で宿直の夜勤をすること

宮中ではさまざまの行事があり、行事によっては徹夜しなければならないものもあります。**宿直夜勤**することを「宿直」といいます。「**とのゐ**」とひらがなで表記されることもあります。

---

貴族の邸でも、宮中行事をまねて、徹夜の行事をすることがあります。雇われている人々が「宿直」することがあります。

# 第3章

# 宮中で働く男たち・女たち

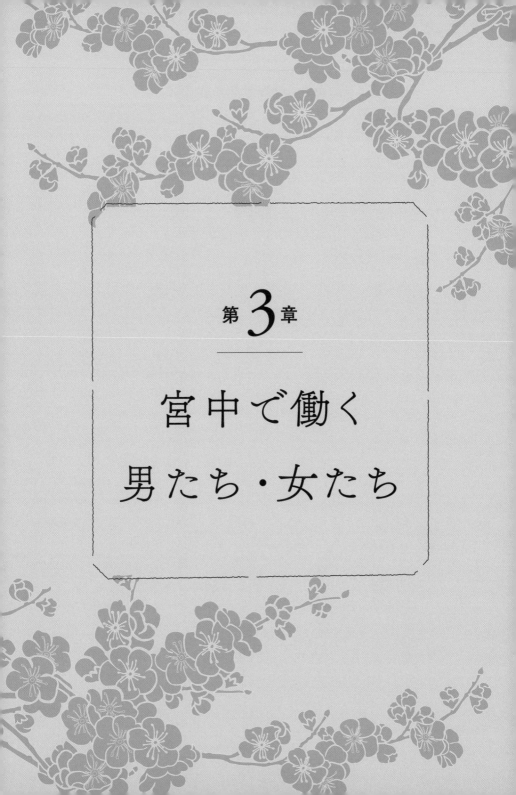

1　宮中で働く男たち

## ❖男子たる者は、政治を動かすエリートであれ！

宮中《きゅうちゅう》（内裏《だいり》）は、天皇ご一家の私生活の場でもありますが、政治の場でもありました。だから、宮中一帯（大内裏《だいだいり》）には多くの役所があり、多くの男の人が働いていました。働く男性（役人）にはランキング（位階《いかい》）があります。生まれた家の家柄・身分の上下でランクが決まります。もちろん、その人の能力や娘の結婚による婚姻《こんいん》関係で、のちに出世していくこともあります。

宮中のトップはもちろん天皇なのですが、多くの場合、実際の政治は、摂政《せっしょう》・関白《かんぱく》を筆頭《ひっとう》に大臣・大納言《だいなごん》などの高官（上達部《かんだちめ》）が動かしていました。彼らは、超トップ階級の貴族です。

彼ら最上級の役人が決めたことを、天皇が公《おおやけ》に告知・宣言し、残る上級役人（殿上人《てんじょうびと》）が実務を執《と》り、中級・下級役人が手足となって働きます。そのなかで、特に重要な役職だけを列挙しました。これらの役職とその上下関係を知らなければ文章が読めないことがあります。役職名とランキングを理解しましょう。

## ◆摂《せっ》政《しょう》・関《かん》白《ぱく》・一《いち》の人《ひと》

**＝天皇の代わりに政治を行う実権者**

幼帝に代わってすべての政務を行う人を「摂政」、天皇が成人しても引き続き政務を代行したり助言を行ったりする場合は「関白」といいます。**政治権力のすべてを握る実権者**であることを知っておきましょう。表向きは天皇をあがめたてまつりますが、重要な事柄のほとんどは摂政・関白が決め、天皇は決まったことを告知・宣言するだけというケースもあります。だから、一番エライ人という意味で「**一の人**」ともいいます。

摂政・関白は特別職なので、ふさわしい人がいない場合は置かないこともありました。置いた場合でも複数人いることはなく、つねにひとりが就任《しゅうにん》します。また、**超トップ階級の貴族**でなければこの役職には就《つ》けません。摂政・関白は、最も勢力の強い藤原家が独占していました。

### どうやって摂政・関白になるの？

摂政・関白になろうとする人は、天皇がまだ皇太子のうちに自分の娘を結婚させます。皇太子が天皇になったら、天皇の義理の父として、摂政・関白の役職を天皇に任命させます。昔の結婚は、夫の一族よりも妻の一族の発言権が強かった（26ページ参照）のですが、天皇家も、夫である天皇の直接の血筋よりも**天皇の妻の実家**（**外戚**《がいせき》）の力が重視されました。これを**外戚政治**といいます。

当時は、子だくさんなので、摂政《せっしょう》・関白《かんぱく》には多くの娘がいることが多く、長女と末娘が母娘《ははこ》ほど年が違うということもあります。たとえば、天皇の妻として長女を嫁《とつ》がせ、その間《あいだ》に生まれた天皇の息子たちに、二女・三女…末娘をつぎつぎと結婚させ、天皇一家を摂政・関白の一族でがんじがらめにして、**強力な血縁**を作ります。もしも天皇が亡くなっても、天皇の息子たちのひとりを新しい天皇にすることによって、母方《ははかた》の祖父（外祖父）として摂政・関白であり続けることができます。

## 摂政・関白の職をめぐる藤原家内部の争い

摂政・関白をひきずり降ろして、別のだれかがその地位に居座《いすわ》ろうとすることもあります。同じ藤原家でありながら、親子・兄弟・叔父甥《おじおい》の間で争い合うのです。

当時は天皇家も**一夫多妻**ですから、関白以外の娘でも天皇一族にお嫁入りができます。関白もつぎつぎと娘たちを嫁がせますが、新たに関白になろうと企《くわだ》てる者も、それに負けじと娘を嫁がせ、天皇一族と姻戚《いんせき》関係を結べばよいのです。

どちらの娘がより早くより多くの男の子を産むか、どの男の子が皇太子に指名されるかが勝負です。皇太子が天皇となるときに、皇太子を産んだ側が、外戚《がいせき》として摂政《せっしょう》・関白《かんぱく》に任命されるからです。そういう**子宝《こだから》の運・不運**が摂政・関白の地位を左右しました。

あるいは、関白一族のだれかが**スキャンダル**（**醜聞《しゅうぶん》**）を起こしたり、**仕事で失敗**（**失脚《しっきゃく》**）したりということがあれば、その弱点を突いて関白を引退させることもできます。そして、汚点《おてん》のな

＋α　もっと知りたい古文の世界

# 現代語と意味の違う古語　1

| 古語 | 現代語訳 | 解説 | 使われ方のイメージ（※該当古語以外は現代語にしています） |
| --- | --- | --- | --- |
| あたらし | もったいない | 「惜し」の漢字を当て、「もったいない」という意味です。なお、「新し」と書いて「あたらしい」という意味の古語もあります。 | 人の命は短いのに、あたらしくも金や名誉を求めたがる。 |
| めでたし | すばらしい | 「愛《め》で甚《いた》し」が変化してできた言葉です。甚だしくほめるほどに「すばらしい」という意味です。 | 大納言は何事にも優れ、めでたき方でいらっしゃる。 |
| かしこし | 畏れ多い | 現代語の「畏まる」と同じ語源の「かしこ」で、こちらが恐縮するほど相手がすばらしいことを意味します。 | かしこきお言葉をいただき、かたじけなく存じます。 |
| ことわる | 判断する・説明する | 「物事の是非などを分析し、道理を明らかにする」という意味が中心にあります。現代語の「拒絶」の意味はありません。名詞にすると「ことわり」で、「道理」の意味。 | 「それは関東人と関西人の気質の違いだ」とことわる。 |

い自分たち一族を天皇に引き立ててもらうように働きかけたりします。

そのほか、天皇その人をだまして出家《しゅっけ》させ、強引に引退させることもありましたが、そういう例は、平安文学においては『大鏡《おおかがみ》』に出てくる**花山《かざん》天皇**の一例しかありません。衝撃的な事件でしたので「平安時代の人物ガイド」に記しています（7・9ページ①⑯参照）。

---

いろいろとお話しましたが、要するに、結婚による**姻戚《いんせき》関係を結ぶ**ことと、次の天皇となるべき**皇太子を産む**ことが、権力を握り続けるポイントでした。そして、ライバルの失敗を利用し、逆に自分は失敗しないこと――それが摂政・関白でいる秘訣《ひけつ》だということです。

## ◆太政官《だいじょうかん》・近衛府《このえふ》・蔵人所《くろうどどころ》＝宮中《きゅうちゅう》のさまざまな役所

はじめにおことわりしておくと、これらの用語は読むうえで重要な語ではありません。次ページ以降の役職を理解しやすくするための前フリとして、読んでください。

「**太政官**」は、「政」の字が入っているとおり、国政を取りしきる**政治の中枢《ちゅうすう》機関**でした。この役所には、大臣をはじめとし、大納言《だいなごん》・中《ちゅう》納言など多くの役人がいます。役人にはそれぞれにランキングがあり、一位が太政大臣、二位が左大臣・右大臣…などと順位階級（位階《いかい》）が決まっています（99ページ図表参照）。

---

「**近衛府**」は「衛」の字が示すとおり、**宮中の警護・防衛**を担当する役所です。今でいう皇宮警察に当たります。ここにも大将・中将《ちゅうじょう》・少将《しょうしょう》などの役人がいて、それぞれにランキングがあります（99ページ図表参照）。

「**蔵人所**」とは、**天皇の男性秘書たちのいる役所**です。秘書にもランキングがあります（99ページ図表参照）。

ほかにも役所はたくさんありますが、脚注がつくと思われますので省きます。

## ◆上達部《かんだちめ》＝一・二・三位と四位の参議《さんぎ》（宰相《さいしょう》）

＊一・二・三位の役職は99ページ図表参照

「上達部」とは、文字どおり「上層部の人達」のことです。権力者である天皇・摂政《せっしょう》・関白《かんぱく》を除く、最高位の人たちをいいます。今でいう内閣に相当するものと思ってください。財務大臣・文部科学大臣などと同じく、大臣級の人々の集まりで、具体的な政策を協議する**最高議決機関**でした。彼らは別名「**公家**《くげ》」「**公卿**《くぎょう》」「**月卿**《げっけい》」「**月客**《げっかく》」とも呼ばれます。

具体的にいうと、**一位から三位**のトップ3に、**四位のなかの参議**（**宰相**）だけが例外的に上達部に加えられます。どんな役職が上達部か、ある程度は知っておかないと読めない文章もあります。

---

**99ページの図表の　に含まれる役職名を確認**してください。

**参議と宰相**は、**同じ役職**の和名と唐名（中国名）です。なぜ参議・宰相が上達部に入るかというと、「参議」とは、字のとおり「議会に参加する」ことが仕事で、最高議決機関である上達部に入らないと仕事にならないので例外的に加えたのです。

また、「宰相」の「相」の字は、大臣格を示す文字です。今も、総理大臣を首相、文部科学大臣を文科相と呼びますね。そこから、「宰相」も大臣たちと同じ上達部に入るのだと理解しましょう。

◆「上達部」の「達」は、旧字「達」を使うこともあります。

## 官位役職

＊読解上必要なものに限る
↓は兼任

| 官職＼位階 | 一位 | 二位 | 三位（正） | 三位（従） | 四位（正） | 四位（従） | 五位（正） | 五位（従） | 六位（正） | 六位（従） |
|---|---|---|---|---|---|---|---|---|---|---|
| 太政官 | 太政大臣 | 左大臣 右大臣 内大臣 | 大納言 | 中納言 | 参議（宰相） | 大弁 | 中弁 | 少弁 少納言 | | |
| 近衛府 | | | | 大将 | | 中将 | 少将 | | | |
| 蔵人所 | | | | | 蔵人頭 | ・頭弁 ・頭中将 | 五位蔵人 | | 六位蔵人 | |
| 国司（受領） | | | | | | | | 守《かみ》（大国） | 介《すけ》（大国） 守（中国） | 介（中国） 守（小国） |
| 大宰府 | | | | 帥《そち》 | | | 大弐《だいに》 | 少弐 | | |

### 太政官

国政の中枢機関。このうち大臣・大中納言・参議が最高議決機関を構成し、「上達部」と呼ばれる。

### 近衛府

皇居の中心部の警衛を担当する。大将は大臣か大納言が兼任する。大中少将ともすべて摂関家・大臣家あるいは諸名家の出であることを原則とする。

### 蔵人所

天皇の秘書官。諸事の連絡や諸行事の切り廻しをする重要な職務。「蔵人頭」は大弁・中弁や中将が兼任する。

### 国司

約六十か国の地方行政組織の長官。国の大きさによって位が違う。中央から任命派遣されるが、大国の守は赴任せず兼任が多い。任期は四年。

### 大宰府

国司の治める諸国は中央政府の太政官に直属するが、九州だけは別で、大宰府が九国二島を総管する。帥・大弐の任期は五年。大臣が流罪になるときは大《だ》宰権帥《ざいのごんのそち》となるが、形式だけで政務には関与しない。

### 宮中で働く男たちの大別

■（濃）…上達部《かんだちめ》＝一位・二位・三位と一部の四位（参議）をいう。別名を「公家《くげ》」「公卿《くぎょう》」「月卿《げっけい》」「月客《げっかく》」とも。

■（中）…殿上人《てんじょうびと》＝昇殿を許された者。通例、四位・五位と一部の六位（蔵人）。別名を「雲客《うんかく》」「雲の上人《うえびと》」「上人《うえびと》」「堂上《どうじょう》」とも。

□（淡）…地《じ》下《げ》＝昇殿を許されない者の総称。一般には六位以下の者をいう。

## ◆殿《てん》上《じょう》人《びと》 ＝ 四・五位と六位蔵人《くろうど》

＊四・五位の役職は99ページ図表参照

宮中《きゅうちゅう》に、天皇が私生活をお送りになるための「清涼殿《せいりょうでん》」という建物がありました。清涼殿のなかに「殿上の間《ま》」という部屋があります。その**殿上の間に出入りすること（昇殿《しょうでん》）を許された人々**を「殿上人」といいます。天皇が、この部屋に殿上人を集めて、仕事の指示を出し、朝礼のようなことをしたのです（70ページ参照）。

上達部《かんだちめ》の仕事が会議中心であるのに対して、殿上人は**実務を行う人々**です。天皇のすぐ近くで仕事をするのですから、そこそこ身分が高くなくてはなりません。だから**四位**・**五位**の人々に限られていました。ただし、多くの六位のなかから、例外的に**六位蔵人**だけが殿上人の仲間入りをします。蔵人とは天皇の男性秘書（103ページ参照）のことですが、天皇の指示を聞かないことには仕事にならないので殿上の間に入ることを許されたのです。

殿上人は、別名「**雲客**《うんかく》」「**雲の上人**《うえびと》」「上人《うえびと》」「堂上《どうじょう》」ともいいます。「雲」がつくのは、宮中を天に、天皇を太陽に、上達部を月に、殿上人を雲にたとえたところから来ています（67・98ページ参照）。

**99ページの図表の▢に含まれる役職名を確認**してください。

## ◆地下《じげ》

**＝昇殿《しょうでん》の許されない役人**

**＊一般には六位以下の人々**

宮中《きゅうちゅう》で働く男たちのなかで、殿上の間《ま》に入れない人々、すなわち**昇殿の許されない役人**を、まとめて「地下」といいます。「地下」は、文字どおり「殿上」の対義語なのです。上達部《かんだちめ》（最上級役人）と殿上人《びと》（上級役人）を合わせて貴族とするのに対し、「地下」は**中級・下級の役人たち**のことです。

地下（六位以下）の役職名のすべてを具体的に知る必要はありません。平安文学によく登場する「**国守**《くにのかみ》・**国司**《くにのつかさ》」の大半が**六位**で**地下**であることは知っておきましょう。**99ページの図表の□を参照**してください。彼らは出世して殿上人になろうとする貴族の予備軍でした（104ページ参照）。

**ここまで、おおざっぱに説明してきた上達部《かんだちめ》・殿上人《てんじょうびと》・地下《じげ》のなかの役職のうち、特に平安文学によく出てくる役職名を具体的に説明しましょう。**

## ◆大臣《おとど》・大殿《おとど》《おおいどの》＝**大臣**

「大臣・大殿」はどちらも「**おとど**」と読みます。「大殿」は「**おおいどの**」の読みもあります。文章中にひらがなで登場した場合も、「大臣」だとわかってください。

「太政大臣《だいじょう》」は、適任者がいなければ設置の必要のない役職、いわゆる「則闕《そっけつ》の官」とされましたので、文学作品に登場することは少ないですが、

「左大臣・右大臣・内大臣」はよく出てきます。「ひだりのおとど（おおいどの）・みぎのおとど（おおいどの）・うちのおとど（おおいどの）」と読みます。「左—右—内」の順にエライので、「**左大臣が一番エライ**」とだけは知っておいてください。

## ◆蔵人《くろうど》・職事《しきじ》 ＝ 天皇の男性秘書

「蔵人」とは、「宮中《きゅうちゅう》の文書や道具を納める蔵を管理する人」のことです。機密の文書を扱うほか、儀式の段取り、仕事の伝令、その他の雑事など、**天皇の身のまわりの一切《いっさい》のお世話をする人**で、**天皇付《づ》きの男性秘書**たちです。別名「**職事**」ともいいます。儀式などの有**職**《ゆうそく》故実《こじつ》のことにくわしいからでしょう。「女《にょ》蔵人」もいますが、重要度が低いので省きます。

「**六位**蔵人—**五位**蔵人—蔵人**頭**《くろうどのとう》」の順に昇格していきます。「蔵人頭」は、文字どおり「蔵人たちの頭《かしら》（ボス）」のことで、秘書室長だと理解してください。蔵人頭は、太政官《だいじょうかん》の「大弁《だいべん》」や「中弁《ちゅうべん》」が兼任したり、近衛府《このえふ》の「中将《ちゅうじょう》」が兼任したりしました。「蔵人頭である大弁・中弁」を「**頭弁**《とうのべん》」、「蔵人頭である中将」を「**頭**《とうの》**中将**」といいます（99ページ図表参照）。文章中は「頭弁」「頭中将」で登場することが多いので理解しておきましょう。

宮中で働く男性の出世コースは、若くして殿上《てんじょう》人《びと》として**六位蔵人**から**五位蔵人**になり、**蔵人頭**へ昇格し、兼任によって**近衛府や太政官**《だいじょうかん》**の高官**に抜擢《ばってき》されるのが理想でした。そこから、さらに**上達部**《かんだちめ》に出世し、太政官の最高位である**大臣**になろうと夢見たのです。

## ◆国守《こくしゅ》《くにのかみ》・国司《こくし》《くにのつかさ》・受領《ずりょう》 ＝ 地方国の長官

＊「〜の守《かみ》」「〜の介《すけ》」ともいう

歴史学においては、国守・国司・受領はそれぞれ微妙に違うのですが、古文においては、いずれも「**地方国の長官**」と理解しておけば十分です。今でいう都道府県知事に当たります。任国の名前に「**〜の守**」「**〜の介**」とついた形で登場することもあります。「武蔵《むさし》の守《かみ》」「遠江《とおとうみ》の介《すけ》」などです。「守」「介」も国守・国司だとわかってください。

だれがどこの国を治めるかは、中央政府（宮《きゅう》中《ちゅう》の超トップ階級）が決めます。任期はふつう**四年**でした。国守・国司から出世して殿上人《てんじょうびと》となるケースもありますが、多くの場合は一生を国守・国司で終える人が多かったようです。大きな国の国守・国司は皇族・貴族が兼任するため五位ですが、国守・国司の大半は**六位以下**で、原則として昇殿《しょうでん》は許されません。国守・国司は一般には**地下**《じげ》ということです（99・101ページ参照）。

彼らの多くは、自分の娘を宮中で働く女性（女房《にょうぼう》）として出仕《しゅっし》させました（114ページ参照）。もしも、娘が宮中で貴族の男性の目にとまり、うまく結婚できれば、一族の格が上がるからです。

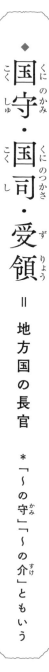

［参考］

◆帥《そち》・権帥《ごんのそち》・大弐《だいに》＝大宰府《だざいふ》の役人

国守《くにのかみ》（国司《くにのつかさ》）の治める国々は都の中央政府がじかに統括《とうかつ》しますが、**九州**だけは独立した統治《とうち》機関として「**大宰府**」を置きました。朝鮮・中国に対する国防や外交などの特殊性と地理的な遠さのため、九州の九国（薩摩《さつま》・大隅《おおすみ》など）と二島（対馬《つしま》・壱岐《いき》）を「大宰府」が一括し、中央政府と連絡を取り合ったのです。別名「遠《とお》の朝廷《みかど》」ともいいます。

大宰府のお役人のなかで、帥・権帥・大弐はときどき平安文学に登場しますので、ついでに知っておきましょう。「帥」は親王《しんのう》（60ページ参照）がなることが多く、これを「帥宮《そちのみや》」といいます。一種の名誉職で、実際は九州へは行かなかったようです。また、**菅原道真**《すがわらのみちざね》（9ページ⑫参照）のように、失脚《しっきゃく》した大臣が「権帥」として都から九州へ左遷《させん》されたりもします。この場合の「権帥」は名ばかりで、もと大臣は邸《やしき》に閉じ込もって謹《きん》慎《しん》生活をし、実務は「大弐」が行います。

◆正しくは「大宰府」ですが、古文では「大」「太」の二つの表記が混同して用いられています。

# 旧国名・県名対照地図

・平安期、国を畿内五国と七つの地域に区分。「五畿七道《ごきしちどう》」という。
・当時、北海道と沖縄は国の区分に含まれなかった。なお、北海道は「蝦夷《えぞ》」「夷《えびす》」と呼ばれた。

## 北陸道《ほくりくどう》

若狭《わかさ》（福井）
越前《えちぜん》（福井）
加賀《かが》（石川）
能登《のと》（石川）
越中《えっちゅう》（富山）
越後《えちご》（新潟）
佐渡《さど》（新潟）

## 東山道《とうさんどう》

近江《おうみ》（滋賀）
美濃《みの》（岐阜）
飛騨《ひだ》（岐阜）
信濃《しなの》（長野）
上野《こうずけ》（群馬）
下野《しもつけ》（栃木）
出羽《でわ》（秋田・山形）
陸奥《むつ》《みちのく》（青森・岩手・宮城・福島）

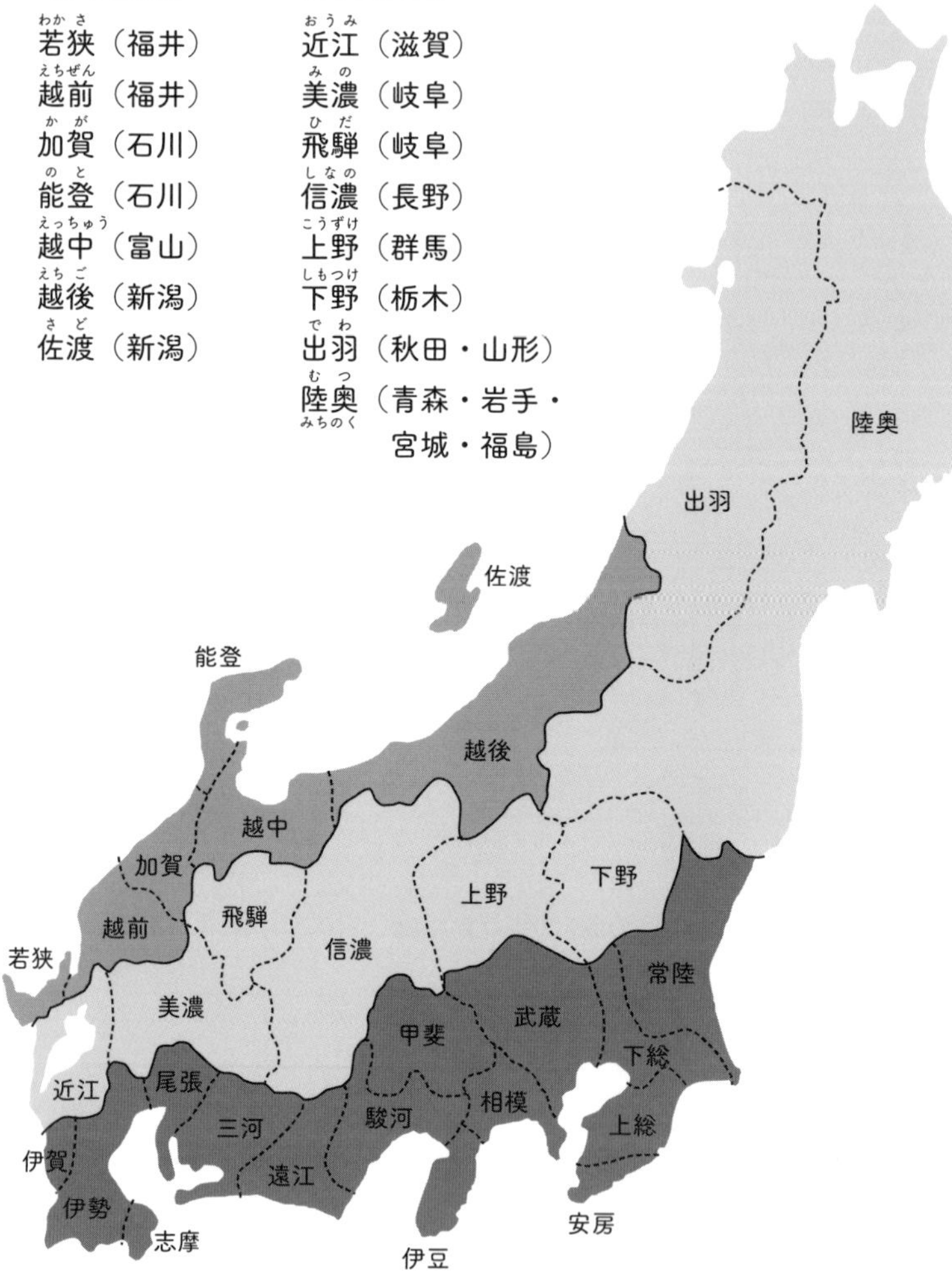


## 東海道《とうかいどう》

伊賀《いが》（三重）
伊勢《いせ》（三重）
志摩《しま》（三重）
尾張《おわり》（愛知）
三河《みかわ》（愛知）
遠江《とおとうみ》（静岡）
駿河《するが》（静岡）
伊豆《いず》（静岡）
甲斐《かい》（山梨）
相模《さがみ》（神奈川）
武蔵《むさし》（東京・埼玉・神奈川）
安房《あわ》（千葉）
上総《かずさ》（千葉）
下総《しもうさ》（千葉・茨城）
常陸《ひたち》（茨城）

## 山陽道《さんようどう》

播磨《はりま》（兵庫）
美作《みまさか》（岡山）
備前《びぜん》（岡山）
備中《びっちゅう》（岡山）
備後《びんご》（広島）
安芸《あき》（広島）
周防《すおう》（山口）
長門《ながと》（山口）

## 山陰道《さんいんどう》

丹波《たんば》（京都・兵庫）
丹後《たんご》（京都）
但馬《たじま》（兵庫）
因幡《いなば》（鳥取）
伯耆《ほうき》（鳥取）
出雲《いずも》（島根）
石見《いわみ》（島根）
隠岐《おき》（島根）

## 畿内《きない》

山城《やましろ》（京都）
大和《やまと》（奈良）
河内《かわち》（大阪）
和泉《いずみ》（大阪）
摂津《せっつ》（大阪・兵庫）

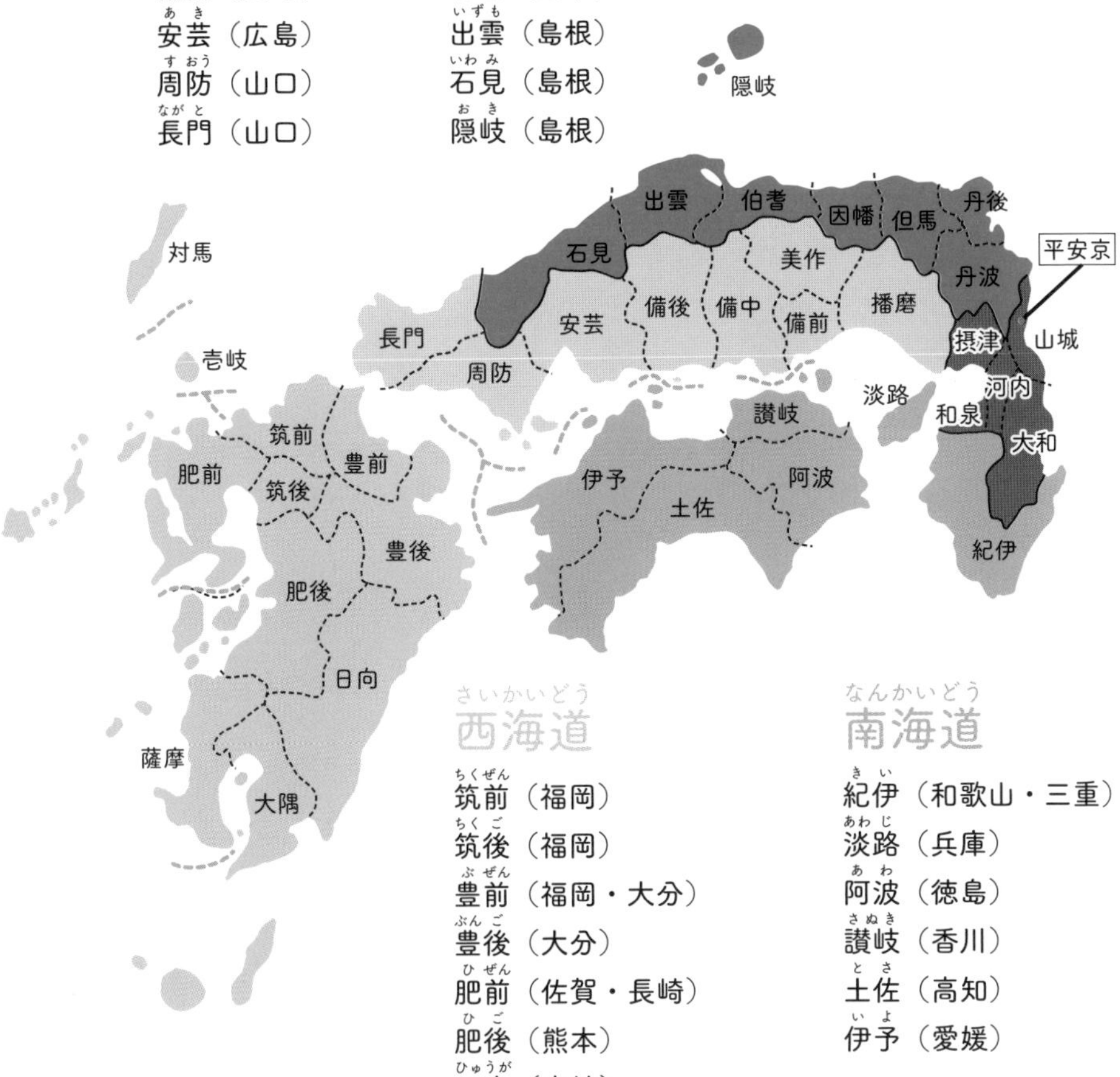


## 西海道《さいかいどう》

筑前《ちくぜん》（福岡）
筑後《ちくご》（福岡）
豊前《ぶぜん》（福岡・大分）
豊後《ぶんご》（大分）
肥前《ひぜん》（佐賀・長崎）
肥後《ひご》（熊本）
日向《ひゅうが》（宮崎）
薩摩《さつま》（鹿児島）
大隅《おおすみ》（鹿児島）
壱岐《いき》（長崎）
対馬《つしま》（長崎）

## 南海道《なんかいどう》

紀伊《きい》（和歌山・三重）
淡路《あわじ》（兵庫）
阿波《あわ》（徳島）
讃岐《さぬき》（香川）
土佐《とさ》（高知）
伊予《いよ》（愛媛）

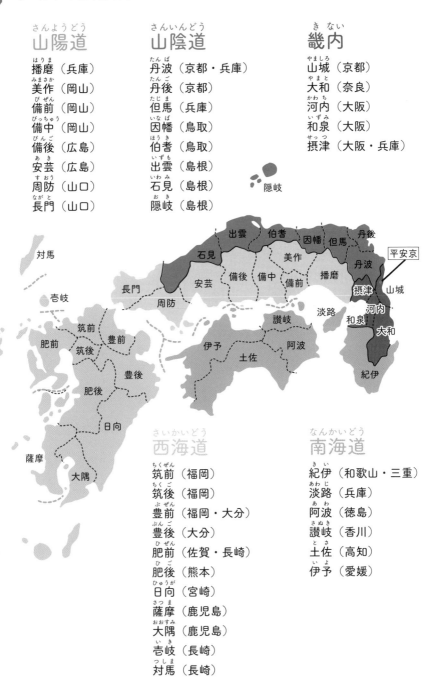

ここから説明する役職は、ランキング（位階《いかい》）を意識する必要はなくて、ただ仕事の内容だけを理解してください。

## ◆内舎人《うどねり》・舎人《とねり》・随身《ずいじん》＝高位の人に付《つ》き従う警護の供人《ともびと》

院・天皇・中宮《ちゅうぐう》などの皇族や、摂政《せっしょう》・関白《かんぱく》・大臣などの超トップ階級の貴族が、公用で外出なさるときに**警護**をする人々です。今でいうSPに当たります。厳密にいうと内舎人・舎人・随身はそれぞれ微妙に違うのですが、読解上必要な場合は脚注がつきます。

立派な方々《かたがた》のそばに付くのですから、家柄のよい**貴族の若い子息たち**がこの仕事に就《つ》きました。

［参考］

## ◆従者《ずさ》＝供人《ともびと》

貴族などが、個人的に雇っている供人のこと。

## ◆先駆《せんぐ》（前駆《ぜんく》）・先《さき》（前《さき》）＝行列の先導者

皇族・貴族が外出なさるときに、**行列の先頭**に立って大きな声を出し、高位の人のお通りを告げる係をいいます。そうして前方の通行人などを追い払うことを「**先（前）追ひ**」「**先（前）払ひ**」といいます。時代劇では「下にぃ、下にぃ」と声を出す行列の先導係がいますね。平安時代は「おーし、おーし」だったようですが、役割としては同じようなものです。今も、パレードの先頭を白バイが導きますね。赤いパトライトを灯しているので声は出しませんが、昔も今も行列を安全に通すことに変わりはありません。

## ◆滝口《たきぐち》＝宮中《きゅうちゅう》で天皇を警護する武士

天皇の私生活の場である清涼殿《せいりょうでん》近くの水の落ちるところ（滝）に警護の詰所《つめしょ》があったので、その詰所を「滝口所《どころ》」（68ページ参照）、警護の武士を「滝口」といいました。**天皇を守る**のが仕事です。六位蔵人《くろうど》の部下になります。

◆「滝口所」は「滝口の陣」（71ページ参照）ともいいます。

# ◆大夫《だいぶ》・式部《しきぶ》・馬頭《うまのかみ》

## ＝宮中《きゅうちゅう》のさまざまな役職

今まで列挙した宮中の役職名のほかに「大夫・式部・馬頭」も平安文学にときどき登場します。ランキングや仕事内容は知らなくてもかまいませんが、これらの呼び名は**役職名**なのだということだけはわかってください。

「大夫」は「**だいぶ**」と読むと、中宮《ちゅうぐう》や皇太子に関わる**お役所の長官**で、エライお役人です（77ページ参照）。ついでにいいますと、『**建礼門院**《けんれいもんいん》**右京大夫集**《うきょうのだいぶしゅう》』は建礼門院（女院《にょういん》）にお仕《つか》えした右京大夫という**女房**《にょうぼう》が書いた日記です。女房の役職名は、一族の男性のなかで最も出世している人の役職名をそのままもらいました（118ページ参照）。作者の身内の男性のなかに右京大夫がいたということです。

「式部」も、男性はもちろん、紫式部や和泉式部など女房の役職名にも使われます。男性か女性かは場面や文脈で判断します。

「馬頭」という役職には「左《ひだりの》馬頭」と「右《みぎの》馬頭」がありますが、「馬頭」という役職が平安文学で注目されるとすれば、**在原業平**《ありわらのなりひら》をモデルにしたお話『**伊勢**《いせ》**物語**』です（14ページ参照）。業平という名前では登場せず、「男」「ある男」「**右馬頭**」などと出てきます。

◆「大夫」を「たいふ」と読んだ場合は「五位の人々」の通称です。

## ◆朝臣《あそん》・〜卿《きょう》

**＝貴族の敬称**

この用語そのものは役職名ではなく、**貴族**を敬《うやま》って呼ぶときに使われました。「藤原朝臣」「業平《なりひら》朝臣」「公任《きんとう》卿」などと、姓名にくっつけます。位によってくっつけかたに微妙な違いがあるのですが、いずれにせよ、上達部《かんだちめ》や殿上人《てんじょうびと》、つまり貴族だとわかれば十分です。

## ◆殿《てん》上《じょう》童《わらわ》

**＝殿上の間《ま》に入れる貴族の少年**

＊「童殿上《わらわてんじょう》」ともいう

平安時代、男子は十二歳ごろに成人式（元服《げんぷく》）を行います（46ページ参照）。それ以前の、今でいう**未成年**を「童」といいます。未成年といってもほんの十歳程度の子どもです。

貴族の息子は、**将来の高級官僚候補生**として、小さいうちから天皇のそば近くで作法《さほう》の見習いをします。そのために特別に許されて「**殿上の間**」に出入りしました。だから、そういう**貴族の少年**を「殿上童」といいます。

宮中《きゅうちゅう》にはいろいろな身分の童がいて、下級役人の子どもなどは雑用をします。雑用係の少年は「童」「男《お》の童」「小《こ》舎人《どねり》童」などといいます。

## ◆雑《ぞう》色《しき》＝雑用係・使い走りの下位の者

「雑多」で「色々」な仕事をするところから、雑用係の男性を「雑色」といいます。必要に応じて脚注がつくと思いますが、一応触れておきます。「**ぞうしき**」と読みます。

---

余談ですが、「**雑人**」という言葉も、たまに文章中に出てくることがあります。これは「庶民」を意味します。「雑多な人々」ということでしょう。「**ぞうにん**」と読みます。

# ❖あこがれの平安キャリア・ウーマン

宮中《きゅうちゅう》にはたくさんの女性が働いていました。宮中で働くことを「出仕《しゅっし》」といいます。出仕している女性を大きく三つに分けると、女房《にょうぼう》・女官《にょうかん》・下仕《しもづかえ》となります。女房はおもに高位の女性に仕《つか》える私設スタッフで、スポンサーは高位の女性の実家です。女官・下仕は国が雇う公務員で多種多様な仕事をします。このなかで最も重要なのは女房です。

女房たちは、位の高い皇族・貴族に直接お仕えしました。宮中の華やかな表舞台も見るし、人間の心の裏の悲哀や嫉妬《しっと》も見ることになります。私たちがよく知っている平安女流文学――『源氏《げんじ》物語』『枕草子《まくらのそうし》』『紫式部《むらさきしきぶ》日記』など――は、そうした女房たちが見聞きしたことを題材にして書き記したものです。女房の役割や地位、身分の高い人々との関わり方を知っておくと、宮中文学が読みやすくなります。

女房と一口にいっても、お仕えする女ご主人（皇族・貴族）はさまざまで、互いにライバル意識もありました。また、女房たちには上・中・下の三つのランクがありました。それぞれのランクの女房にどのような役職名がついていたかも理解しておきましょう。

## ◆女房《にょうぼう》

**＝宮中《きゅうちゅう》で働く女性**

**＊高位の女性に仕《つか》える**

貴族の娘でも天皇の妻になれなかった場合には女房として働くこともありますが、女房の多くは**中流役人（国守《くにのかみ》・国司《くにのつかさ》）の娘**でした。身分の高い人々と接する仕事ですから、だれでもが女房になれるわけではなく、それなりの教養が必要です。「〇〇さんの娘さんは、とても優秀らしい」と噂《うわさ》になると、「宮中で働きませんか」とお声がかかるのです。そのため、中流役人の家庭では、小さいときから娘に**和歌や漢詩の教養**を身につけさせました。

女房は「房」（部屋）を与えられて住み込みますが、宮中で働くことは精神的には重労働です。身分の高い人々に気を遣《つか》うからです。それでも、華やかな世界に入り、自分の能力が認められることは、この上ない喜びでした。また、運よく貴族の男性の目にとまり結婚できれば、彼女の産む息子や娘は貴族の子どもとして育ち、中流階級を脱出できます（104ページ参照）。そういうさまざまな期待を胸に、宮中出仕《しゅっし》を引き受けたのです。

女房は原則として**高位の女性に仕え**、男性には付《つ》きません。ついでにいうと、宮中だけでなく、貴族の邸《やしき》に雇われて、夫人や姫君のお世話をする女房もいます。

## ◆宮《みや》のひとびと・宮《みや》の御方《おんかた》＝中宮付《ちゅうぐうづ》きの女房《にょうぼう》

天皇には、多くの妻がいました。それぞれの妻に女房たちが付いていました。妻たちはお嫁入り道具の一つとして、女房を宮中《きゅうちゅう》へ連れていきます。天皇に嫁《とつ》ぐことが決まった時点で、父親が娘のために、噂《うわさ》に高い才能豊かな女性たちを集めてくれます。結婚してからも、優秀な人材は追加採用します。**紫式部《むらさきしきぶ》**や**清少納言《せいしょうなごん》**もそうして採用されたのです。

**中宮付きの女房**は、文章中では「宮のひと」「宮のひとびと」「宮の御方」と出てきます。あるいは場面が中宮のおそばとわかっている場合は、単に「ひとびと」となっていることもあります。女房にはいろいろな仕事があって、食事や着物のお世話、手紙の代筆、行事の準備、お客様の接待、そして中宮の日常の相談も受けます。「家政婦＋マネージャー＋秘書＋お話し相手」のナンデモ屋ということです。

**中宮以外の天皇の妻たち**（**女御《にょうご》など**）も、同じようにして女房を抱えています。妻たちが**ライバル意識**を持っている（57・58ページ参照）ので、それぞれの女房たちも競い合って、「われこそは」と女ご主人のために能力を発揮します。

## ◆斎《さい》院《いん》のひとびと・斎《さい》院《いん》の御《おん》方《かた》

### ＝斎院付《づ》きの女房《にょうぼう》

賀茂《かも》神社にお仕《つか》えする**斎院**（62ページ参照）にも**女房たち**が付いています。斎院は、宮中《きゅうちゅう》の雑事から離れ、静かな環境で神事に専念していますから、女房たちもあまり忙しくはなかったようです。身のまわりのお世話をするほかは、神社の行事の準備などをします。また、斎院と一緒に、優雅に和歌を作ったりもしていたようです。

**神の妻である斎院**は、**天皇の正妻である中宮《ちゅうぐう》**と**同格の身分扱い**を受けます（62ページ参照）。それぞれの女房たちの**対抗意識**はたいへんなものでした。**中宮方《がた》の女房たち**は、天皇や摂政《せっしょう》・関《かん》白《ぱく》など権力者の目の届くところで働きますので、ミスは許されません。また、殿方《とのがた》と話すときも、気のきいた対応が要求されます。彼女たちは、宮中の複雑な**人間関係をうまく処理できる能力**を自慢としています。逆に、**斎院方の女房たち**は自分たちの**優雅な生活と神々《こうごう》しい雰囲気**を自慢としています。どちらの女房たちも、相手の女ご主人のことは悪くいいませんが、女房同士のけなし合いがあったことは『紫《むらさき》式《しき》部《ぶ》日記』に見られます。

## ◆典侍《ないしのすけ》・内侍《ないし》
＝天皇付《づ》きの女性秘書

「典侍」の「典」は「書物・儀式」を意味する語で、今も辞典・式典と使っていますね。儀式ばった書類を扱う女性のことですから、**天皇の女性秘書**です。「内侍」は「内《うち》に侍《はべ》る」（天皇に仕《つか》える）の意味で、やはり**天皇の女性秘書**です。天皇の命令などを、ほかの人々に知らせる役目をします。天皇に直接お仕えする女性なので、**貴族の娘**でなければ典侍・内侍にはなれません。典侍も内侍も複数います。

平安時代後期の日記に『**讃岐典侍日記《さぬきのすけ》**』があります。「讃岐典侍」という女性が書いた日記です（15ページ参照）。彼女は、**堀河《ほりかわ》天皇にお仕えする女性秘書**でした。堀河天皇がご病気のときには、添い寝までして看病しました。堀河天皇亡きあとは、幼い**鳥羽《とば》天皇**にもお仕えしています。

ところで、「ないし」とよく似た「ないしのかみ」という人がいましたね（57・59ページ参照）。天皇の妻のひとりで「尚侍《ないしのかみ》」と書くのでした。「ないしのかみ」とは「内侍の督《かみ》（監督）」のことで、もともとは内侍の上司、つまり女性秘書室長のことでした。天皇のそばで仕事をするうちに恋愛の対象となることが多くなり、「天皇の妻」を意味する語となりました。

◆「典侍・内侍」は国に雇われた上級の「女官」です。女房たちと同様に、知的レベルの高い女性です。

## ◆上臈《じょうろう》女房・中臈《ちゅうろう》女房・下臈《げろう》女房 ＝ 上位の女房《にょうぼう》・中位の女房・下位の女房

女房のなかにも、いろいろなランキングがあります。**実家の家柄・身分の高さ**で、上・中・下が決まります。上から順に、「**上臈**女房・**中臈**女房・**下臈**女房」といいます。

女房たちは、実名を名のることはありませんでした。当時は女性を一人前《いちにんまえ》として認めていなかったのでしょう。彼女たちは、それぞれ**役職名**で呼ばれました。女房の役職名は、自分の一族の男の人（父・夫・兄弟など）のなかで、最も出世している人の役職名をそのままもらいます（110ページ参照）。たとえば**清少納言**《せいしょうなごん》（『枕草子《まくらのそうし》』の作者）は、「清」が「清原氏」（75ページ参照）で、「少納言」が役職名です。父の清原元輔《きよはらのもとすけ》が少納言だったからです。役職名を聞いただけで、その女房の家柄や身分がだれにでもわかるようになっていたわけです。

ということは、「**女房の役職名＝男性の役職名**」となります。つまり、女房の「**上臈―中臈―下臈**」は、男性の「**上達部**《かんだちめ》**―殿上人**《てんじょうびと》**―地下**《じげ》」と役職が一致します。その目で**59ページの表と99ページの表**を見くらべてください。「下臈」の「伊勢《いせ》・播磨《はりま》など」は、男の役職の国司《くにのつかさ》・国守《くにのかみ》（地下）のランクに当たります。その男性が赴任《ふにん》した国名をつけたのです。

◆ 命婦《みょうぶ》＝中臈《ちゅうろう》女房

**中臈女房**を、まとめて「命婦」ともいいます。具体的な役職名をつけて「少将の命婦」「少納言の命婦」などと呼んだりもします。中臈だということは読解にあまり関係ありませんが、女房であることは知っておいてください。

◆ 御達《ごたち》＝上臈《じょうろう》女房

また、**上臈女房**を「御達」ともいいます。女房であることはわかってください。

◆ おもと＝あなた・～さん

＊女房を親しみを込めて呼ぶ語

「おもと」はもともとはどんな女性にでも使う言葉でしたが、平安時代はおもに**女房**に使います。女房を親しく「あなた」と呼ぶときに「おもと」というのです。複数にして「おもとたち」（あなたたち）ともいいます。役職名につけて「式部のおもと」などともいいます。「式部さん」のことです。

## ◆女《にょう》官《かん》＝宮中《きゅうちゅう》で働く女性の下級官僚

女房《にょうぼう》の下には、「女官」という**下級の働く女性**がいます。格子《こうし》・簾《すだれ》などの上げ下げをしたり、灯《ともし》火《び》（大殿油《おおとなぶら》）をつけたり、火鉢（炭櫃《すびつ》・火桶《ひおけ》）を運んだりします（138・141・166ページ参照）。

文中では、ただ「にょうくゎん」とだけ出てくることが多いので、具体的な役職名の一つ一つは知る必要はありません。

◆「女官」のなかにも上級女官はいます。文章中では上級女官は、「典侍・内侍」（117ページ参照）などと役職名で登場します。ただ「女官」とだけ出てくる場合は下級女官です。

## ◆下《しも》仕《づかえ》の女《おんな》＝雑用をする女性

女官の下には、**雑用係**の女性・少女がいます。身分の高い人のお手紙を相手先に届けたり、そのお返事をもらって帰ったりします。お花や食べ物などの贈り物の配達をすることもあります。あるいは、暗い夜道などで灯《ともし》火《び》を手に道先案内もします。また、おまる（携帯用便器）を洗ったりもします。この係を**樋《ひ》洗《すまし》女・樋洗童**といいます。

## ◆女《め》の童《わらわ》＝雑用をする少女

## ◆乳母《めのと》＝養育係

中宮《ちゅうぐう》をはじめとする天皇の妻たちは、妊娠すると**乳母**を雇い、**実家で出産・育児**をしました。乳母の最も大切な仕事は、生まれてきた子どもにお乳を与えることでした。お乳をあげるといっても、当時は粉ミルクや哺乳瓶《ほにゅうびん》はありませんから、乳母自身のお乳を与えます。お乳が出るということは、乳母自身が産後間《ま》もない女性だということです。

産みの実母もお乳は与えますが、当時は栄養事情が悪く、お乳の出が十分でないことが多かったので、乳母に助けてもらうのです。逆にいうと、乳母の子どもは少し取られてかわいそうですが、同じ子どもでも身分の高いほうが優先された時代でした。乳母は、そののちも、天皇の子どもがある程度大きくなるまで、**養育係**としてお仕《つか》えします。とても大切な仕事なので、**中宮付《づ》きの女房《にょうぼう》と同格の扱い**を受けます。

乳母の実の子を「**乳母子**《めのとご》」といいます。少し大きくなると、乳母子も宮中《きゅうちゅう》に入り、天皇の子どもの付《つ》き人《びと》となります。小さいうちは遊び相手、大きくなると男子は**随身**《ずいじん》（108ページ参照）、女子は**女房**《にょうぼう》として働くのです。同じお乳を飲んだ仲ですから、ふつうの主従関係以上の親密さを持っています。天皇の子どもも、乳母や乳母子に対しては、身内同然の親しみを抱《いだ》いていて、一生面倒を見てやったりもします。

宮中《きゅうちゅう》文学には、乳母《めのと》・乳母子《めのとご》がよく出てきます。公私において、とても重要な存在です。

ついでにいうと、天皇の妻だけでなく、摂政《せっしょう》・関白《かんぱく》・大臣（93・102ページ参照）などの貴族の妻も、出産時には乳母を雇います。

# 第4章

# 貴族の私生活

## 1　貴族の家族の呼び名

# ❖北《きた》の方《かた》は方角じゃない！　君達《きんだち》はＹＯＵじゃない！！

宮中《きゅうちゅう》に出仕《しゅっし》している貴族にも、私生活があり、家族がいます。第1章で述べた「一般的な家族の呼び名」に加えて、貴族特有の呼称も知っておきましょう。

たとえば、「正妻」を意味する「北の方」をうっかり〝北の方角〟と間違えたり、「貴族の息子や娘」を意味する「君達」を〝あなたたち〟と勘違いして、お話が見えなくなることがあります。貴族の家族ひとりひとりの呼び名を紹介します。

◆主《ぬし》＝世帯主である貴族

◆殿《との》＝（世帯主である）貴族

一家の長《ちょう》は、「殿」「主」「主《ぬし》の殿」などと呼びます。「殿」は、**世帯主**だけでなく**貴族のすべて**にも使われます。文脈をよく見てください。

子どもたちから見ると、一家の長は父親です。「父大臣《おとど》」「父大納言《だいなごん》」などと、役職名の上に続柄《つづきがら》を入れたりもします。また、「父」は「てて」ともいいます。

昔は一夫多妻ですので、別居している妻もいます。別居の場合は妻の実家へ通《かよ》い婚《こん》しますので、「**主のおはします**」(旦那様が通っていらっしゃる)という表現もあります。

## ◆北《きた》の方《かた》＝正妻

## ◆上《うえ》＝妻

＊「上」は天皇の意味もある

貴族の**妻**は、「上」といいます。ただし、「上」は「天皇」の意味にも使われます（55ページ参照）。**場面**や**文脈**や**性別の特徴**などをよく見てください。また、何人かの人物が**列挙**されている場合は、**位の高い者から順に並べる**のですから、それによっても判断できます。たとえば、「殿、上など…」とあれば、順番からいって、「上」が「殿」よりも下であることがわかり、天皇ではなく殿の妻だとわかります。また、「〔人物〕の上」もその人の妻だとわかりますね。

「北の方」は、貴族の**正妻**をいいます。寝殿造り《しんでんづくり》（貴族の邸《やしき》）の「**北の対**《たい》」を正妻の住まいとしたからです（132ページ参照）。ただし、貴族の男性のなかには、生涯《しょうがい》どの妻とも同居しないで、それぞれの妻の実家へ通《かよ》い続けるタイプの人もいました。それでも、正妻は「北の方」と呼びます。中世になると、「御台所《みだいどころ》」「御台《みだい》」といういい方もあります。

ほかには、摂政《せっしょう》・関白《かんぱく》の正妻を「北の政所《まんどころ》」ともいいました。摂政・関白は「政治の場所」の中枢《ちゅうすう》におり、その「北の方」ということでしょう。

## ◆君達《きんだち》・公達《きんだち》 ＝ 貴族の息子や娘（たち）

「君達」も「公達」も「**きんだち**」と読みます。**貴族の子ども**のことです。「達」とありますが、単数にも複数にも使います。**息子**にも**娘**にも使いますので、服装や髪形や文脈などを総合的に判断して、男子か女子かの**性別判断**を見極める必要があります。

息子・娘とも、**幼少**のうちは**母方《ははかた》の家**で育てられます。**男子**は、成人式（元服《げんぶく》）とともに結婚して別の居《きょ》を構えるか、宮中《きゅうちゅう》に部屋（曹司《ぞうし》）をもらい、**宮中出仕《しゅっし》**します。**女子**は、成人式（裳着《もぎ》）ののち、**天皇の妻**として入内《じゅだい》したり、**上臈女房《じょうろうにょうぼう》**として宮中に出仕したり、**貴族の妻**となったりします。貴族の妻となった場合は、夫の邸《やしき》（寝殿《しんでん》造《づく》り）の対屋《たいのや》（132ページ参照）に入って同居するか、実家に残って相手が通《かよ》ってくるのを迎えるかのどちらかになります。

また、古文では「女」と書いて、「むすめ」と読む場合があります。単独で「女」と出てくると女性のことですが、「源師光《みなもとのもろみつ》の女」「大納言《だいなごん》の女」などと、男の名前や役職名の続きに出てくると、その男性の「娘」のことです（40ページ参照）。

## ◆若君《わかぎみ》＝貴族の息子

**貴族の息子**を「若君」、**娘**を「姫君」ともいいます。天皇家(皇族)の息子を「若宮」、娘を「姫宮」というのと比較対照して理解しましょう(65ページ参照)。成人すると、「男君」「女君」といったりもします。

## ◆姫君《ひめぎみ》＝貴族の娘

兄弟姉妹の順に、「**一の君・二の君**…」ともいいます。天皇家の場合は「一の宮・二の宮…」でしたね(65ページ参照)。また、**姉妹**の場合は、「**大君**《おおいぎみ》・**中**《なか》**の君**・三の君…」という言い方もあります。

# 現代語と意味の違う古語　2

| 古語 | 現代語訳 | 解説 | 使われ方のイメージ（※該当古語以外は現代語にしています） |
|---|---|---|---|
| あからさま（なり） | ちょっと・しばらくの間 | 「離ら様なり」と書き、ちょっとその場を離れる様子から、時間的な短さや突然さを表す言葉です。「明白に」とか「露骨に」といった意味ではありません。 | **あからさまに**抱いてあやすうちに、幼児が寝つくのはかわいい。 |
| おとなし | 大人らしい・分別がある・大人びている・大人っぽい | 平安時代には「物静か」という意味はなく、大人の性質を備えていることを表す言葉です。 | 彼はまだ十歳だが背丈が大きく、**おとなしく**見える。 |
| としごろ | 長年・数年来 | 「お年頃」の意味ではなく、「長年・数年来」という意味です。「年頃」または「年来」と書きます。 | **としごろ**気にかけていた女がほかの男と結婚してしまった。 |

## 2　貴族の邸　～寝殿造り～

### ❖こんな豪邸に住みた～い！

第2章で天皇一家の住まい（宮中《きゅうちゅう》）を説明しましたが、ここでは貴族の住まい「寝殿造《しんでんづく》り」について話します。第3章で多くの貴族たちの役職を挙げましたが、彼らは職場である宮中の近くに邸宅を構えました。

貴族は私生活のすべてを宮中にならって模倣《もほう》しました。建物も、宮中をまねて簡略化（ミニチュア化）しましたので、宮中の建物と比較対照して理解しておくのがよいと思います。各項目に第2章の「宮中の建物」の参照ページを記していますので、そのつど対照してください。

「寝殿造り」については、読者が知っているものとし、脚注がつかない場合もあります。どの建物がどんな使われ方をしたのか、だれが住んでいたのかをきちんと理解すると、文章が読みやすくなります。

また、宮中の建物と寝殿造りの建物の名前を区別して覚えておくことによって、文章の場面が宮中か貴族の邸《やしき》かを判断することもできます。

## ◆寝《しん》殿《でん》 ＝ 貴族の邸《やしき》の正殿《せいでん》

貴族の私邸《してい》は、宮中《きゅうちゅう》をまねて造られました。この建築様式を「**寝殿造り**」といいます。宮中の中心に「紫宸殿《ししんでん》」があるように、寝殿造りの中心に「**寝殿**」と呼ばれる建物があります。**行事やお客様の接待**に使われる正式の御殿《ごてん》（正殿《せいでん》）です。うっかりすると、文字面からベッドルームと勘違いしそうですが、「メインルーム」「VIPルーム」ですから注意しましょう。また、**邸の主人の居間《いま》**としても使われます。

「寝殿」は、敷地の中央に南向きに建っているので、「**南殿**《なんでん》」「**南面**《みなみおもて》」ともいいます。さらにその南に**庭**があります。宮中の正殿である「紫宸殿」も「南殿」といい、その南には庭がありましたね（69ページ参照）。

庭に山（築山《つきやま》）や小川（遣水《やりみず》）や橋（反橋《そりはし》・平橋《ひらばし》）を架《か》けた池を造り、四季の草木を植え、**風流な贅沢《ぜいたく》**を楽しみました。庭の東と西には寝殿から長い廊下がのびていて、それぞれの廊下の南端には、池に臨む形で「釣殿《つりどの》」「泉殿《いずみどの》」があります。納涼《のうりょう》や宴会に使われました（133ページ参照）。

◆「南殿」は、寝殿の場合は「なんでん」と読みます。紫宸殿の場合は、「なでん」「なんでん」の二つの読みがあります。

◆対屋《たいのや》

＝貴族の妻や子どもたちの部屋

「寝殿《しんでん》」の北と東と西に「**対屋**」と呼ばれる建物があり、それぞれ「**北の対**《きたのたい》」「**東の対**《ひがしのたい》」「**西の対**《にしのたい》」と呼びました。南は「庭」なので対屋はありません。「対屋」には、貴族の**おもだった妻**や**子どもたち**が住みました。宮中《きゅうちゅう》の「後宮《こうきゅう》」に相当します（68・72・73ページ参照）。

後宮の七殿《しちでん》五舎《ごしゃ》が建物の名前であると同時に妻たちの呼び名としても使われたように、「北の対」「東の対」「西の対」も**その建物に住んでいる人物**を意味する場合もあります。「〜の対」と出てきたら、その邸《やしき》の主《あるじ》の**家族**だと判断してください。

三つの「〜の対」のうち、最も重要なのは「**北の対**」です。多くの場合、ここには第一夫人が入りました。そこで正妻のことを「**北の方**《きたのかた》」ともいいます（126ページ参照）。北が敷地のいちばん奥なので、いちばん大切な女性をしまい込んだのでしょうか。今でも、妻を「奥さん」というのは、このなごりです。

寝殿とそれぞれの対屋は、渡り廊下で結ばれていました。この渡り廊下を「**渡殿**《わたどの》」といいます（146ページ参照）。妻と愛し合うときは、夫が妻の部屋へ出向いていきます。邸のなかに同居しながら、部屋を訪《たず》ねる通《かよ》い婚《こん》をするのです（28ページ参照）。

# 寝殿図

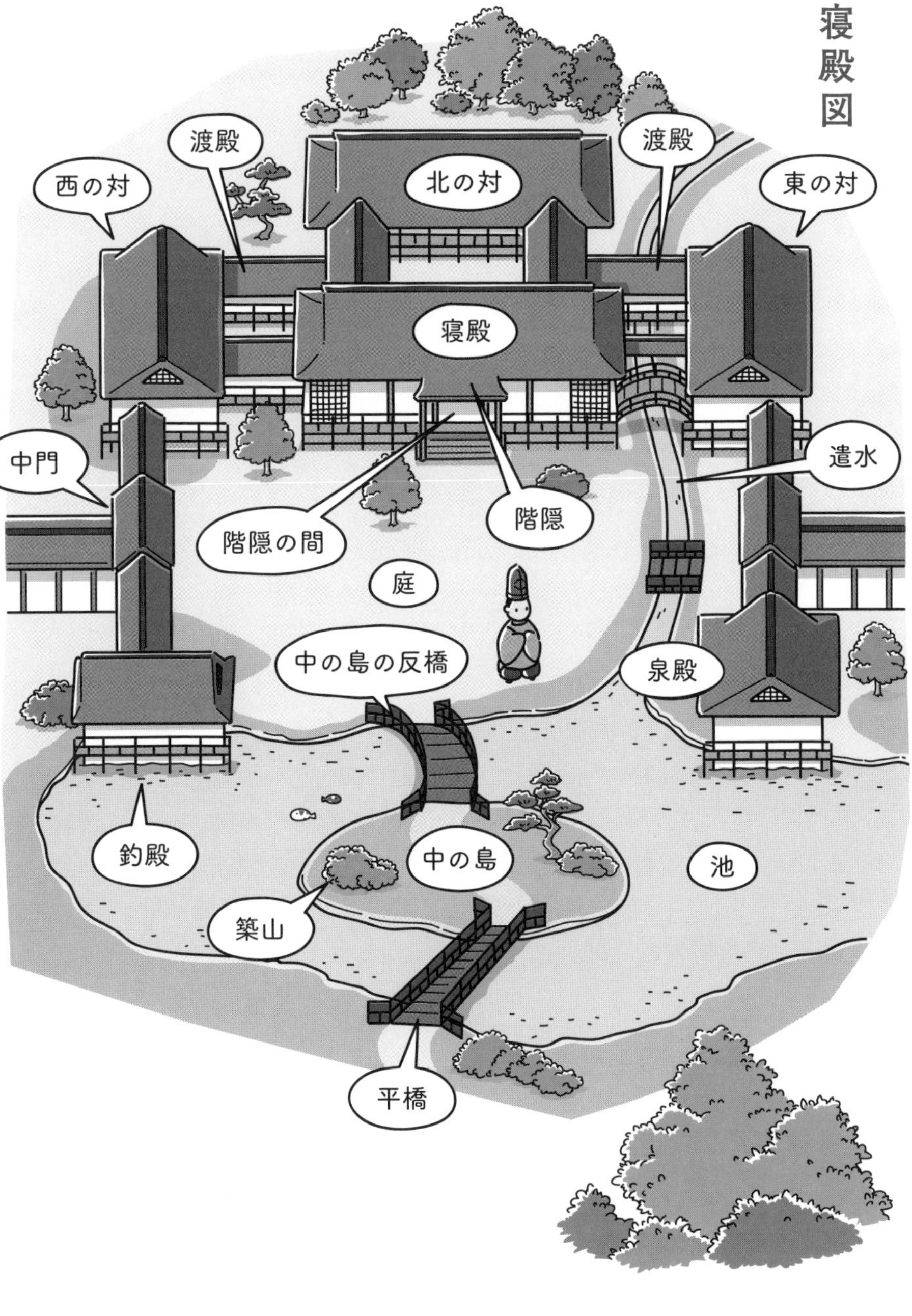

## ◆御《み》階《はし》＝宮中《きゅうちゅう》や貴族の邸《やしき》の階段

宮中や貴族の邸（寝殿造り《しんでんづくり》）など、**高位の住まいの階段**は、敬意を込めて「**御階**」といいます。意味は漢字のとおりです。「**みはし**」と読みます。

ついでにいいますと、宮中の「御階」は**比喩《ひゆ》的**に「**かささぎ（鵲）の橋**」といったりもします（185ページ参照）。和歌に多い表現です。

## ◆階《はし》隠《がくし》の間《ま》＝屋根をかけた階段の先の板の間《ま》

貴族の邸（寝殿造り）の中央正面にある寝殿の**階段**には、**屋根**がついています。牛車《ぎっしゃ》や輿《こし》などをここに寄せ、雨に濡《ぬ》れずに階段を上がって寝殿に入るためです。寝殿はお客様をお迎えする場でもあるので、こういう配慮をしたのでしょう。ちょうどホテルのエントランスと同じです。「階」は階段、「隠」は屋根で覆《おお》うこと、「間」は場所のことです（133ページ参照）。

［参考］

◆御《み》荘《そう》

＝

①荘《しょう》園《えん》・貴族の私有地

②大富豪の貴族

建物ではありませんが、ついでに触れておきます。貴族は地方のあちこちに私有地を持っていました。いわゆる「**荘園**」のことです。**管理人**を置いて農民に田畑を作らせ、穀物を得ることで財力をふやしました。荘園の所有の権利証を「御荘の券《けん》」といいます。

また、その荘園の主人という意味で、**大富豪の貴族**そのものも「御荘」といいます。

## ❖ インテリ貴族はインテリアに凝《こ》る

貴族の邸宅「寝殿造り《しんでんづくり》」に関する大きな建物の説明は終わりましたが、建物の内装や外装についてこれからお話します。

内装・外装については、それがどんなものであるかを知っていたほうが、文章が読みやすくなります。イラストのついているものは視覚的に印象づけるのがよいと思います。

これから列挙するさまざまな内装・外装は、貴族の邸宅だけでなく、第2章にあげた宮中《きゅうちゅう》のいろいろな建物にも共通のものです。もともと貴族が宮中を模倣《もほう》したのですから、似《に》通《かよ》っているのは当然のことですね。

内装……間仕切りや建具など

## ◆しつらひ ＝ 部屋の設備や装飾

部屋の**設備**や**装飾**を「しつらひ」といいます。今でいう**インテリア**（内装や調度品）のことだと理解してください。家具や装飾品を設置することを今でも「しつらえる」といいますね。私たちが

カーテンや壁紙の色模様を楽しむように、昔の人も屏風《びょうぶ》や襖《ふすま》に絵や歌を記した色紙《しきし》を張ったり、几帳《きちょう》（142ページ参照）の布の色合せを工夫したりして楽しんだのです。

## ◆妻戸《つまど》・遣戸《やりど》 ＝ 出入り口に取り付けた扉

「妻戸」は開き戸で、「遣戸」は引き戸ですが、どのみち「～戸」だから扉とわかれば十分です。「遣戸」は、「**やりど**」と読みます。扉を片側へ遣《や》るので「遣戸」というのです。

遣戸

妻戸

## ◆格子《こうし》

＝細い角材を縦横に組んだ建具《たてぐ》

窓や出入り口に取りつける建具で、柱と柱の間に上下二枚を取りつけます。天気のよい昼間は、上を外側に吊《つ》り上げます。宮中《きゅうちゅう》でも貴族の邸宅（寝殿造《しんでんづく》り）でも使われました。「格子」を丁寧に「御《み》格子」ともいいます。

「**御格子まゐ《い》る**」は、訳に注意を要する語です。「**格子をお上げする**」と「**格子をお下ろしする**」の両方の意味があります。文脈判断してください。

格子の上げ下げは、宮中では、天皇の部屋は蔵人《くろうど》が、天皇の妻の部屋は女官《にょうかん》がします（103・120ページ参照）。貴族の邸《やしき》では使用人が行います。低位の人が高位の人のためにする動作なので、「まゐる」という**謙譲語**を使うのです。

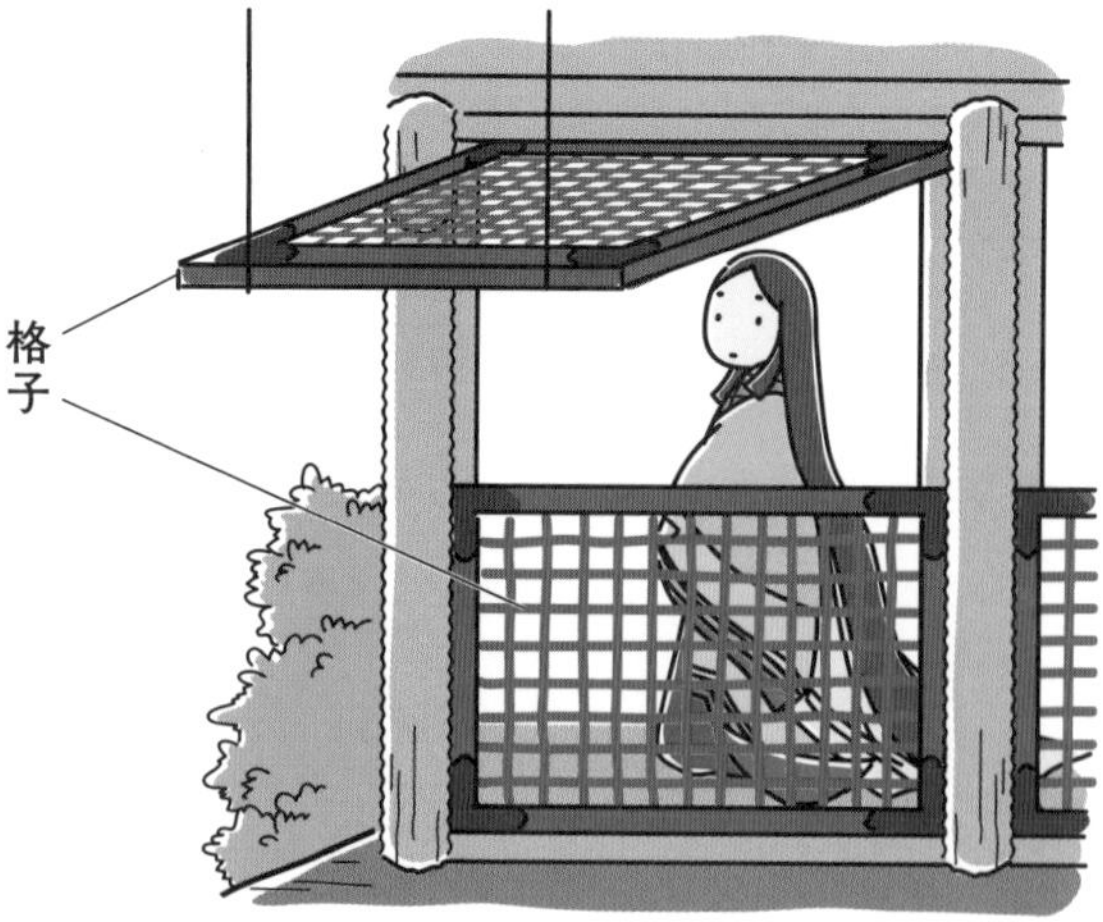

## ◆蔀《しとみ》・半《は》蔀《じとみ》 ＝ 格《こう》子《し》の裏に板を張った建具《たてぐ》

光や雨風を防ぐための扉です。今でいう、雨戸のような働きをします。格子と同じように、柱と柱の間に上下二枚を取りつけます。天気のよい日は、下の部分は立てておき、上の部分を金具で吊《つ》り上げました。

「蔀」は上下とも裏に板を張ってあるのですが、「半蔀」は上半分だけが蔀（裏板あり）で、下半分が格子（裏板なし）になったものです。が、そんな細かいことはともかく、**室外と室内を遮《さえぎ》るための建具**であると知っておけば十分でしょう。

「**しとみ**」「**はじとみ**」と読みます。

ついでにいうと、「**立蔀**《たてじとみ》」というのもあって、同じく格子に裏板を張ったものですが、文字どおり**衝立**《ついたて》として使います。室内の目隠しや間仕切りにも使いますし、庭先に立てて部屋のなかが見えないようにすることもあります。

## ◆障子《しょうじ》《そうじ》 ＝ 襖《ふすま》

「障子」は「しょうじ」とも「そうじ」とも読みます。文章中に「しゃうじ」「さうじ」とひらがなで出てくるかもしれません。

「障子」は今の襖で、逆に今の障子は「明障子」といいます。もともと「障子」とは、外部からの

## ◆明障子《あかりしょうじ》《あかりそうじ》 ＝ 障子《しょうじ》

視線の障壁となるべき建具《たてぐ》のことで、厚い板戸なのです。それを装飾用にし、外の光を取り込んだのが、和紙を使った「明障子」です。

襖には、絵や和歌を記した色紙《しきし》を張って、装飾とすることもありました。

## ◆長押《なげし》 ＝ 柱から柱へ横に渡した材木

柱と柱を横につなぐ材木を「長押」といいます。柱の上のほうを「上《うわ》長押」、下のほうを「下《しも》長押」といいます。「上長押」は今でいう鴨居《かもい》の側面、「下長押」は敷居《しきい》の側面に取り付けました。

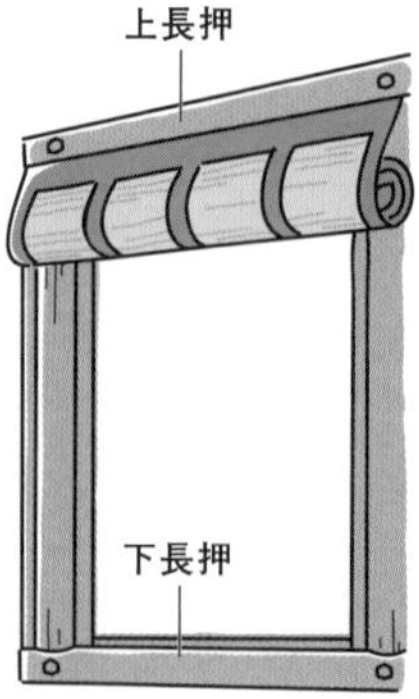

## ◆簾《すだれ》・御簾《みす》・玉垂《たまだ》れ　＝すだれ

蔀《しとみ》や格子《こうし》を上げて外の光や風を入れようとするときには、外から部屋のなかが見えないように「簾」を下ろしました。「簾」を丁寧に「御簾」「玉垂れ」ともいいます。「御簾」は「**みす**」と読みます。「玉」は美称です。

平安時代の女性は、交際相手にしか顔を見せませんでした。だから、交際相手以外の殿方《とのがた》と話すときは、簾越しに応対しました。ふつう、女性が男性の部屋へ訪《たず》ねていくことはありませんので、男性が庭先の縁側（簀子《すのこ》）に座《すわ》り、簾をはさんだ室内に女性がいて、会話を交《か》わします。文章中に「**簾の外《と》の人**」「**簾の内の人**」などと出てきたら、**外が男性**で**内が女性**と判断できますね。

親密にならなければ女性の顔を見られないので、当時の男性はよく女性の顔を覗《のぞ》き見（垣間見《かいまみ》）しました（19ページ参照）。『源氏《げんじ》物語』の〈野分《のわき》の巻〉には、源氏の最愛の妻である紫《むらさき》の上《うえ》を、源氏の息子夕霧《ゆうぎり》が盗み見る場面があります。野分（台風）にあおられて偶然に簾が巻き上がり、夕霧は義母・紫の上の美しさに見惚《ほ》れます。

## ◆几帳《きちょう》＝目隠しや間仕切りに使う可動式の布の衝立《ついたて》

四角い台にT字の組木を立て、これに布（帳《ちょう》）を垂《た》らしたものです。「御《み》几帳」ともいいます。

外から室内を覗《のぞ》かれないように、簾《すだれ》のさらに内側に**目隠し**としてこれを立てました。また、広い板敷きのワンルームを、細かく部屋割りするための**間仕切り**としても使います。季節によって帳の布地の厚さや模様を変えて、装飾としても楽しみました。

次ページの絵のように、ひとつの几帳に何枚かの布（帳）が下がっています。上のほうは美しい色糸で縫い合わせてあります。下のほうは綴《と》じずに分かれていて、その部分を「**几帳のほころび**」といいます。最初からわざと縫い合わせていないのであって、破れてほどけたわけではありませんが、ほころびているように見えるのでそう呼びました。

簾と同じように、**女性が男性と接する**ときは、**几帳を隔《へだ》てて会う**のがふつうでしたが、「几帳のほころび」から、女性の重ね着の美しいグラデーション（色の濃淡）を見せて装飾としました。これを「**打出《うちいで》の衣《きぬ》**」といいます（162ページ参照）。

また、高貴な女性が渡り廊下を歩くときは、傘《かさ》のような几帳を女房《にょうぼう》がさしかけます。

### ◆帳《ちょう》台《だい》・御《み》帳《ちょう》

＝①寝台 ②御《ご》座《ざ》所《しょ》

＊五《ご》節《せち》の舞《まい》の試《し》楽《がく》の天皇特別席

板敷きの床《ゆか》に黒塗りの一段高い床《とこ》を作り、畳《たたみ》を敷いてベッドにしました。天井《てんじょう》があって、四方に布（帳《ちょう》）を垂《た》らした寝台なので「帳台」といいます。また、丁寧に「御帳台」「**御帳**」ともいいます。宮中《きゅうちゅう》でも貴族の邸《やしき》でも使われました。

天皇が寝るための御帳台は、宮中の清涼殿《せいりょうでん》（天皇の私生活の場）の「夜の御殿《おとど》」や「昼の御座《おまし》」

という部屋にありました（71ページ参照）。

宮中《きゅうちゅう》の常寧殿《じょうねいでん》にも帳台《ちょうだい》があります。が、こちらは寝台ではなく、天皇が儀式をご覧になるための特別席（御座所《ござしょ》）でした。この建物で行われる有名な儀式に五節《ごせち》の舞《まい》（178ページ参照）があります。天皇が五節の舞の試楽《しがく》（リハーサル）をご覧になることを、「**帳台《ちょうだい》の試《こころ》み**」といいます。

理解のために清涼殿《せいりょうでん》や常寧殿の名前を出しましたが、どの部屋の帳台かなどということは、脚注がつくものと思われます。「帳台・御帳《みちょう》」が原則として**寝台**であり、「帳台の試み」が天皇による**五節の舞の試楽見物**であったことだけ知っておいてください。

## 外装……建物の外まわり

◆母屋《もや》＝建物の中央の間《ま》

◆廂《ひさし》・庇《ひさし》＝母屋の四面にある細長い板の間《ま》

建物の**中央部分**の部屋を「**母屋**」といいます。母屋のまわりは簾《すだれ》や几帳《きちょう》や建具《たてぐ》で仕切ってあります。

母屋のぐるり外側には「**ひさし**」という板間があります。広い廊下のように見えるのですが、部屋として使いましたので、**細長い板の間**だと理解してください。現代語の庇は屋根の軒《のき》の部分をいいますが、古文では張り出した屋根の下の床《ゆか》の部分をいいますので、気をつけましょう。廂までが家の中になります。「日差《ひさ》し」の語源どおり、今でいうサンルームです。「ひさし」のまわりにも簾や几帳を適宜使います。

「ひさし」は「廂」とも「庇」とも書きます。

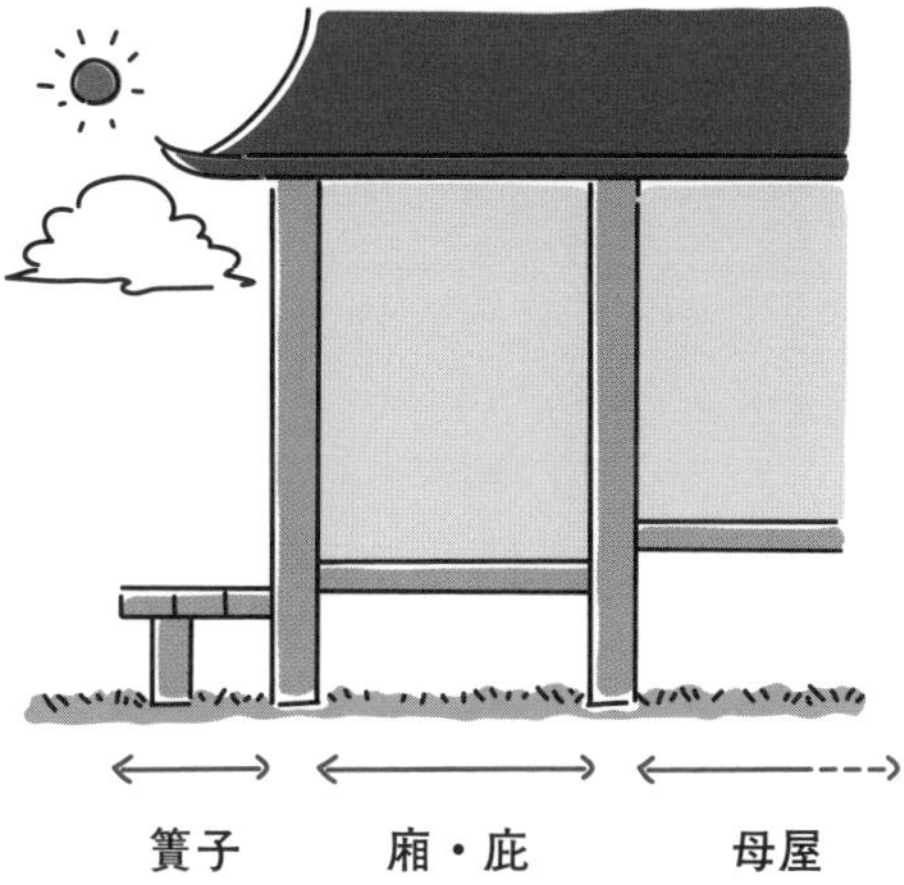

## ◆簀子《すのこ》＝縁側

廂《ひさし》の間《ま》の外側には「簀子」と呼ばれる**縁側**があります。145ページのイラストで確認してください。簀子には雨風を防ぐ建具《たてぐ》の取りつけがありません。雨などが降ると濡《ぬ》れる、いわゆる〝濡れ縁《えん》〟です。雨露《あめつゆ》がたまらないように板と板の間《あいだ》に隙《すき》間《ま》が作ってあります。今私たちが押入れのふとんなどの下に入れる簀《す》の子《こ》も同じように隙間があいていますよね。そのような形の、長い縁側だったと思ってください。

ふと立ち寄った程度の来客（男性）なら、沓《くつ》を脱がずに簀子に**腰掛《こしか》け**て話をします。

## ◆渡殿《わたどの》＝渡り廊下

建物と建物をつなぐ**渡り廊下**を、「渡殿」といいます。宮中《きゅうちゅう》にも、貴族の邸宅（寝殿造《しんでんづく》り）にもあります。「渡殿」を「渡《わたり》さん」という殿《との》だと勘違いして、とんでもない文章の読み違いをしないように気をつけましょう。

◆透垣《すいがい》　＝　向こうが透《す》けて見える垣《かき》

板や竹で作った**垣根**で、間《あいだ》を透かして作ったものを「透垣」といいます。「**すいがい**」と読みます。平安時代の男性は、この透垣からよく**垣間見**《かいまみ》をします（19ページ参照）。あわよくば、女性の顔を覗《のぞ》き見ようとしたのです。

ほかに、**籬**《まがき》・**小柴垣**《こしばがき》などの垣根もあります。

◆切掛《きりかけ》　＝　板で作った塀《へい》

板を切って、柱に打ちつけて立て掛けたので、「切掛」といいます。横板を縦に積み上げた形の**塀**です。庭先や入口などに立てました。

## ◆築地《ついじ》＝土塀《どべい》

地面の土を築き固めた塀なので、「築地」といいます。「ついじ」と読みます。貴族の邸《やしき》に多く用いられました。

## ◆遣《やり》水《みず》＝庭に造った小川

貴族の邸宅（寝殿造り《しんでんづくり》）の庭には、人工的に山や池や小川を造りました。その小川を「遣水」といいます（133ページ参照）。水を向こうへ流し遣るので、「やりみず」と呼びました。

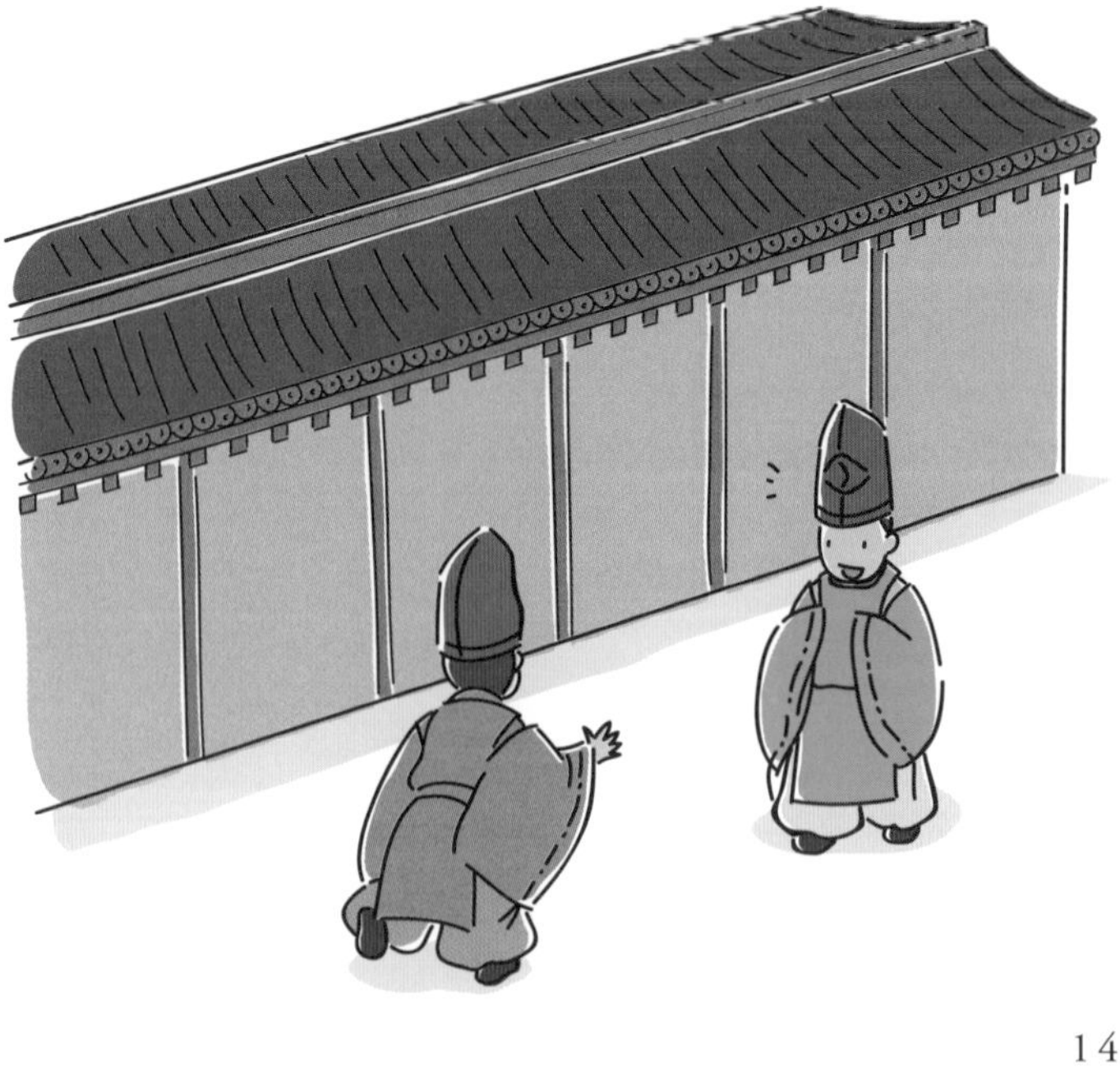

# 第5章

# 服装と調度品・乗物

## ❖ 超豪華な平安朝ファッション

宮中《きゅうちゅう》にいる皇族・貴族の衣装について説明します。現代と違って、男性の衣装と女性の衣装はまったく異なります。また、政治や行事を取り行う公的な場では必ず正装で着飾り、家庭生活やレジャーなどの私的な場ではふだん着を着用しました。

男性の着るものか女性の着るものかの性別判断と、正装かふだん着かの公私の区別ができると、人物や場面を把握しやすくなります。あとは、衣装にまつわる当時の慣習を理解してください。

## ◆装束《そうぞく》《しょうぞく》・御衣《おんぞ》
＝着物

すべての**着物**を総称して「装束」「御衣」といいます。「**そうぞく**」「**おんぞ**」と読みます。

昔は**着物が最高のご褒美**《ほうび》でした。天皇や中宮《ちゅうぐう》や摂政《せっしょう》・関白《かんぱく》・大臣などの高位の人が、お召《め》しの着物を脱いで肩にかけてくださるのです。文章中には、「装束をたまふ（＝着物をお与えになる）」や「御衣を賜《たま》はる（＝お着物をいただく）」などと出てきます。また、「**被《かづ》く**」という表現もあって、褒美を「①**与える**②**いただく**」の両方の意味を持っています。文脈判断します。

「装束」には、動詞「装束く」もあります。「装う・着飾る」の意味はわかりますね。

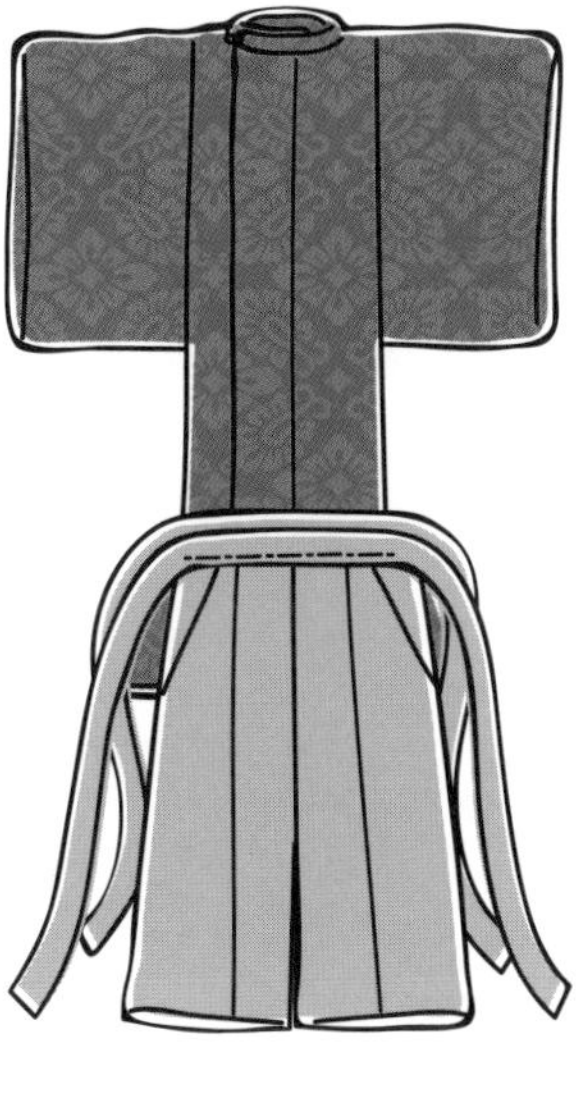

## ◆束帯《そくたい》と冠《こうぶり》 ＝男性の正装

「**束帯**」は次ページのイラストのような衣装です。皇族・貴族の**男性の正装**で、儀式はもちろん、毎日の出勤・会議にも着用します。昼間の衣装なので「**昼装束**《ひのそうぞく》」「**日装束**《ひの》」ともいいます。

　束帯姿のときは、頭に「**冠**」をのせます。**冠の着用は五位以上**の貴族、つまり上達部《かんだちめ》・殿上人《てんじょうびと》（98・100ページ参照）に限られました。そこから、**五位に昇進**することを、「冠得《う》」「冠賜《たま》はる」といいます。脚注や評論文には「叙爵《じょしゃく》」という難しい現代語が使われることがありますが、これも「五位昇進」のことです。

　貴族の息子の大半は、成人式（元服《げんぷく》）と同時に五位の役職で宮中《きゅうちゅう》に入ります。最初から冠をかぶるわけです。だから、貴族社会では「**元服**」のことを「**初**《うい》**冠**」「**冠**」ともいいます（46ページ参照）。

　ついでにいうと、六位以下の地下《じげ》（101ページ参照）や武家《ぶけ》の男子が成人式でかぶるのは「烏帽子《えぼし》」です。別項で説明します（158ページ参照）。

冠《こうぶり》
単《ひとえ》
笏《しゃく》
袍《ほう》
太刀《たち》
下襲《したがさね》
沓《くつ》
袴《はかま》

## ◆唐《から》衣《ぎぬ》と裳《も》＝女性の正装

女性が十二単《じゅうにひとえ》を着用したことはよく知られています。平安時代には十二枚ではなく二十五枚くらいの重ね着をしていたそうですが、いちばん上には色柄の豪華な丈《たけ》の短い「**唐衣**」を着ました。「唐衣」を着ると正装、脱ぐと略装となります。だから、「唐衣」は**女性の正装**と考えてください。

唐衣を着るときは、「**裳**」を着けます。裳は、次ページのイラストのように、体の後ろの腰から下だけに垂《た》らす布で、装飾用の衣です。上半身だけの唐衣と下半身だけの裳は対《つい》で用いました。女性は成人式（裳着《もぎ》）のときに、初めて「裳」を着けることを許されます（47ページ参照）。

ついでにいうと、「唐衣・裳」の正装のときは、手に「**扇**《おうぎ》」を持ちます。昔の女性は交際相手以外には顔を見せなかったので、「扇」で顔を隠す場面がよく出てきます。

「唐衣」は、女性の正装を意味する場合は「**からぎぬ**」と読んでください。ややこしいことをいいますが、和歌の修辞法の**枕詞**《まくらことば》のなかに「唐衣」という同じ漢字の語があります。こちらは単《たん》に「唐《から》（中国）の衣《ころも》」で、「**からころも**」と読みます。

**文章中**は「からぎぬ」で「女性の正装」、**和歌中**は五音の「からころも」で「枕詞」です。

ひとえ
単

おうぎ
扇

からぎぬ
唐衣

はかま
袴

も
裳

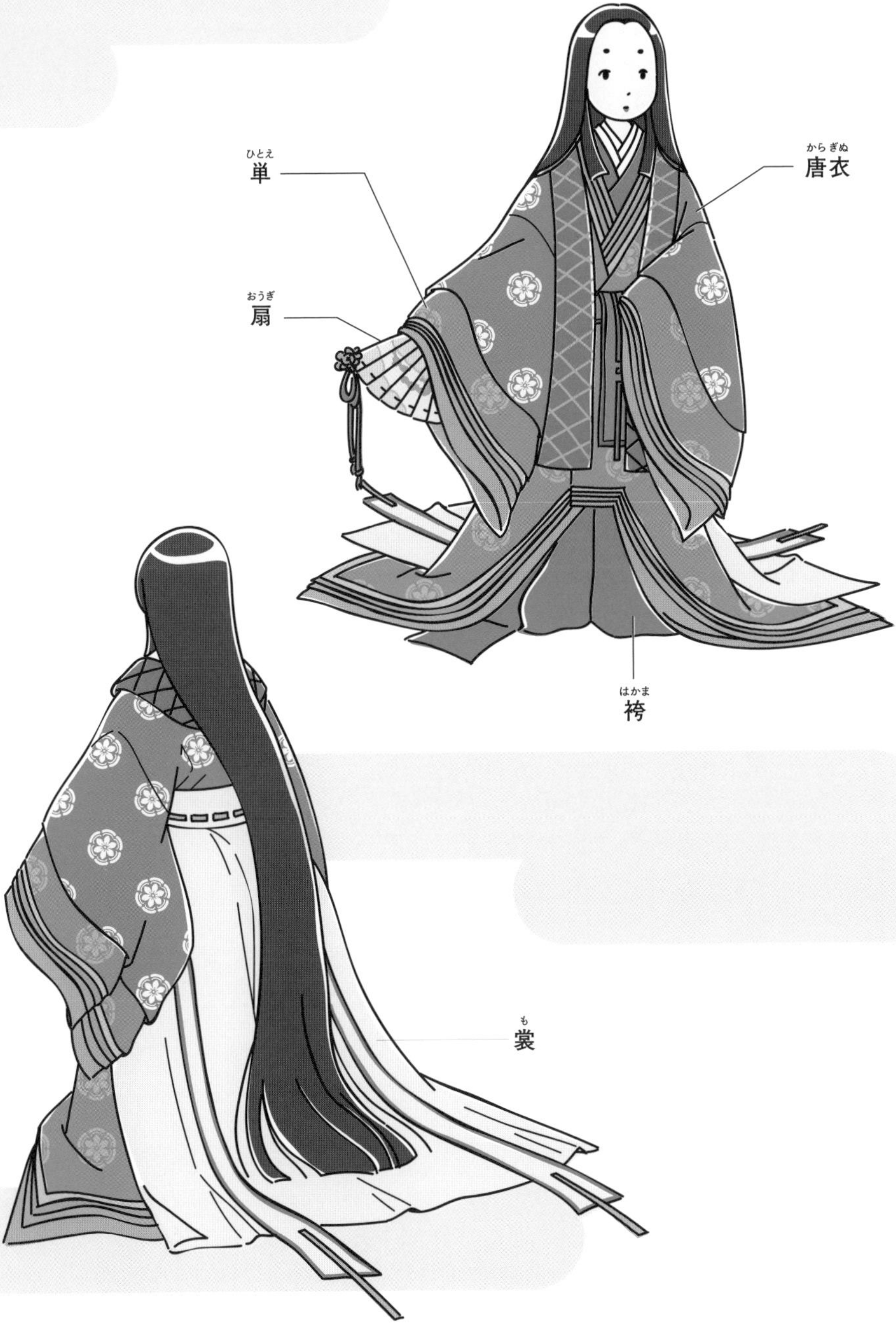

## ◆直衣《のうし》・指貫《さしぬき》・狩衣《かりぎぬ》＝男性の略装・ふだん着

男性の正装「束帯《そくたい》」に対して、略装（ふだん着）には「直衣・指貫」があります。

「直衣」「指貫」は、それぞれ「**のうし**」「**さしぬき**」と読みます。

「直衣」は文字どおり直《ただ》の衣（平服）のことで、157ページのイラストのような衣装です。「指貫」は袴《はかま》の裾《すそ》に紐《ひも》を「指《さ》し貫《ぬ》いた」もので、モンペ型のズボンだと思ってください。「直衣」の下には「指貫」を必ず着用しました。

指貫を含む直衣姿は、宿直夜勤のときにも着たので「**宿直装束**《とのいそうぞく》」ともいいます。「束帯・冠《こうぶり》」姿が「昼《ひの》装束・日《ひの》装束」で「正装」であるのに対し、「直衣・指貫」は「宿直装束」で「略装」です。男性の着衣であることも、登場人物の性別判断に必要ですから知っておきましょう。

「狩衣」は、本来は鷹《たか》狩りや蹴鞠《けまり》などのスポーツウエアでしたが、貴族がふだん着としても着ました。下には「指貫」をはきます。

細かく説明しましたが、要するに、「指貫・直衣・狩衣」は**男性のふだん着**と理解してください。

◆ 直垂《ひたたれ》 ＝ 男性の服装

「直垂」は、平安時代は庶民の服装、鎌倉・室町・江戸時代は武士の着衣でしたが、そんな細かいことはともかく、「直垂」が、**男性の服**である

ことは理解しておきましょう。「**ひたたれ**」と読みます。

## ◆烏帽子《えぼし》 ＝ 男性貴族の略式の冠り物《かぶりもの》

「冠《こうぶり》」が正式の冠り物であるのに対し、「烏帽子」は**略式の冠り物**です。

貴族の男子は、成人式（元服《げんぷく》）から頭に冠り物をかぶり、宮中《きゅうちゅう》で正式に働くことになります。上達部《かんだちめ》・殿上人《てんじょうびと》（98・100ページ参照）などの五位以上の貴族は、正装のときは「冠」、ふだん着のときは「烏帽子」をかぶります。「烏帽子」は157ページのイラストのように、まっ黒で形も烏《からす》のようだからそう呼ばれました。

六位以下や武家《ぶけ》の男子は冠は許されていないので、成人式（元服）のときに烏帽子をかぶります。親戚のおじさんが烏帽子をかぶせ、宮中に出仕《しゅっし》するうえでの身元保証人（親代わり）になってくれます。そこで、そのおじさんを「**烏帽子親**《えぼしおや》」、成人した男子を「**烏帽子子**《えぼしご》」といいます。

冠り物は成人男性の**尊厳の象徴**です。人前で脱ぐことは無作法とされました。また、相手の冠り物をはたき落とすのは侮辱を意味し、このような無礼な行為に及ぶと左遷《させん》されることもありました。

## ◆小《こ》袿《うちき》・袿《うちき》

**＝女性の略装・ふだん着**

正装である十二単《じゅうにひとえ》のいちばん上は「唐衣《からぎぬ》」でしたね（154ページ参照）。「唐衣」を脱いだ姿を「小袿・袿」姿といいます。つまり、**女性の略装**です。この場合、もちろん「裳《も》」も着けません。「袿」は「打《う》ち着《き》」のことで「ちょっと着る」が語源です。つまり、気軽に羽織《はお》ったふだん着なのです。

男性の重ね着にも「袿」はあるのですが、「指《さし》貫《ぬき》、直衣《のうし》、袿などひと重ね…」などと出てくれば、「指貫・直衣」が男性だけの着衣なので、この場合は男性の衣と察しがつきますね。逆に、男性だという手がかりがなく、単独で「袿」が出たときは、**圧倒的に女性**です。

# ◆単《ひとえ》・衵《あこめ》・下襲《したがさね》・袍《ほう》・袷《あわせ》・袴《はかま》・打衣《うちぎぬ》・汗衫《かざみ》

**＝重ね着のいろいろな衣**

多くの場合はふりがながつくと思います。

男性も女性も多くの着物を重ねて着ていました。それぞれに呼び名があるのですが、ここに列挙した衣については、何枚目のどんな衣なのか、男女どちらの着衣かは、知る必要はありません。ただ、**着物**であることさえわかっていれば十分です。

見出しのうち「単」を除く衣は、すべて「ころもへん」か「ころも」の漢字がついているのでわかりますね。「単」だけは注意しましょう。

「単＝ひとえ」「下襲＝したがさね」「袷＝あわせ」「汗衫＝かざみ」は漢字が読みづらいですが、

### ◆懐紙《ふところがみ》・畳紙《たとうがみ》＝懐《ふところ》に畳《たた》んで入れる紙

今でいうポケットティッシュです。「畳紙」は「**たとうがみ**」と読みます。

### ◆挿頭《かざし》＝花や草木のかんざし

草や木の枝や花を折り、髪や冠に挿《さ》してアクセサリーにしました。これを「挿頭」といいます。いわゆる「**かんざし**」ですが、今と違って**男性も挿す**ことがあります。

行事のときにはそれにちなんだ草花を、お花見のときには桜を挿したりして、風流を楽しみました。また、「**花(を)折る**」という表現は、華やかに着飾る「**風流・オシャレ**」を意味します。

## ◆打出《うちいで》・押出《おしいだ》し

＝簾《すだれ》や几帳《きちょう》の下から女性の衣の一部を出すこと

女性は重ね着をしていますが、袖口《そでぐち》や裾《すそ》が美しいグラデーション（濃淡）となるよう色合わせを工夫して着ました。それを、**簾**や**几帳**の隙間《すきま》（几帳のほころび）から外にこぼれるように出すことがあります（142ページ参照）。外にいる人の目を楽しませるための**風流な美の演出**でした。これを「**打出・押出し**」といいます。また、その出ている部分を「打出の衣《きぬ》・押出し衣《ぎぬ》」といい、つづめて「出《いだ》し衣《ぎぬ》」ともいいます。

牛車《ぎっしゃ》の簾から「打出・押出し」することもあります。その車を「**出《いだ》し車《ぐるま》**」といいます。

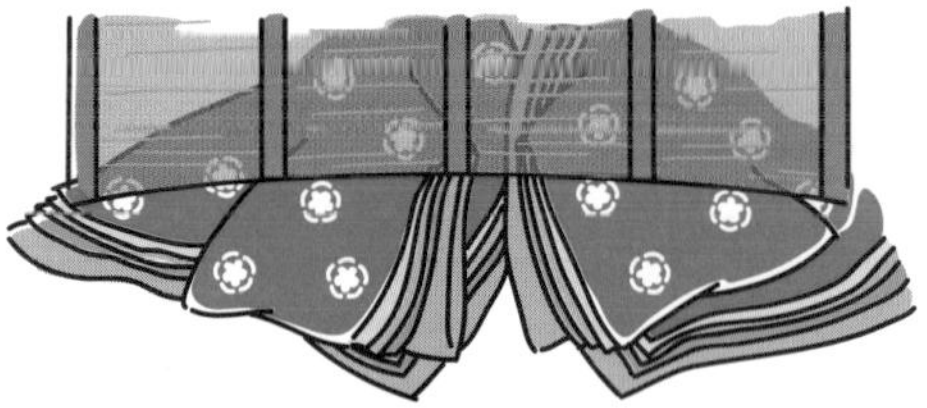

## ◆禁色《きんじき》＝着ることを禁止された着衣の色

身分のランクによって、着てもよい色と着てはいけない色があります。特に六位以下の**地下**《じげ》（101ページ参照）には、**禁止された色**がたくさんありました。着物の色で、身分差が一目でわかるようになっていたのですね。ただし、**天皇の許可**（**勅許**《ちょっきょ》）があれば、禁色の着衣を許されます。禁色を許された人々を「禁色の人」といいます。

## ◆砧《きぬた》＝木槌《きづち》で布地に艶《つや》を出すこと。その道具

着物が汚《よご》れたり、よれよれになったりすると、手で洗ってピンと糊《のり》張りをし、乾いたら板や石の台に布を置いて、木槌《きづち》で叩《たた》いてやわらげ**艶出し**をします。その行為もしくは道具を「砧」といいます。作業をするのは下仕《しもづかえ》の者たちです。

冬支度《じたく》のために秋に作業が多く、哀愁を帯びた「砧の音」が**秋の季語**として和歌にもよく出てきます。

ついでにいうと、着物がよれよれになることは「**萎る**《な》」といいます。

## ❖アンティークな品々とクラシック・カー

宮中《きゅうちゅう》や貴族の邸《やしき》で使われた、身のまわりの調度品と、外出時の乗り物について説明しましょう。

どの調度品がどんな目的で使われたかを知っていると、生活の様子がリアルに想像されます。調度品・乗物ともに、イラストで視覚的に理解するのがよいと思います。

## 調度品……日常の身のまわりの道具類

### ◆高《たか》坏《つき》・折《お》敷《しき》・懸《かけ》盤《ばん》

＝食べ物や杯《さかずき》をのせる台や盆

＊高坏は燭台《しょくだい》としても使う

それぞれ少しずつ形が違うのですが、細かい違いは気にせず、**飲食物をのせる台や盆**だと理解しましょう。「高坏」は「**たかつき**」と読みます。

また、「高坏」は**燭台**としても使いました。

### ◆脇《きょう》息《そく》

＝肘《ひじ》をのせる台

座《すわ》ったときに**肘をかけて体を休める台**です。体の脇に置いて休息するところから「脇息」といいます。そのまま眠り込んだりしてしまう場面などもあります。天皇や上級貴族が使いました。高貴な女性も使います。

## ◆炭櫃《すびつ》＝角《かく》火鉢

## ◆火桶《ひおけ》＝丸火鉢

「炭櫃」は角火鉢、「火桶」は丸火鉢です。京の冬はとても寒く、**火鉢**で暖をとりました。「炭櫃」は「**すびつ**」と読みます。

炭櫃《すびつ》

火桶《ひおけ》

## ◆大殿油《おおとなぶら》＝高貴な方《かた》の御殿《ごてん》で灯す油の灯火《ともしび》

木製の脚のついた台の上に油皿を置いて、室内用の灯火としました。「**おおとなぶら**」と読みます。

余談ですが、ことわざ「灯台下《もと》暗し」の灯台はこれですよ。

## ◆銚《ちょう》子《し》・瓶《へい》子《じ》・提《ひさ》子《げ》 ＝ 酒や煎《せん》じ薬を入れる器

イラストのように、少しずつ形が違いますが、細かい違いは気にせず、**酒や煎じ薬を入れる器**と理解しましょう。

「瓶子」を「へいじ」、「提子」を「**ひさげ**」と読みます。

銚子《ちょうし》

瓶子《へいじ》

提子《ひさげ》

## ◆円《わろ》座《うだ》 ＝ 藁《わら》で作った丸い座《ざ》ぶとん

藁などを渦《うず》巻き状に巻いて平たく編んだ、ひとり用の**座ぶとん**を「円座」といいます。**廂《ひさし》の間《ま》**や**簀子《すのこ》**（145・146ページ参照）に客人を座《すわ》らせるときに使います。「**わろうだ**」と読みます。

## ◆火《ひ》熨《の》斗《し》・熨《の》斗《し》

＝ **布のしわをのばしたり温めたりする道具**

炭火を入れて、**布のしわをのばしたり**、寒い冬に**着物や敷物を温め**たりするのに使う金属製の器具です。今でいう**アイロン**に当たります。『大鏡』には、冬の寒さのなかを通ってくる夫のために、妻が女房たちに命じて、寝具を熨斗で温めさせる場面があります。

## ◆泔《ゆする》坏《つき》

＝ **洗髪や整髪に用いる湯水を入れておく器**

昔はシャンプーや整髪料がありませんので、男も女も湯水（泔）に櫛《くし》をひたして髪をときました。**その泔を入れる器**を「泔坏」といいます。『蜻蛉《かげろう》日記』には、夫の使う泔坏に水草が浮いているさまを詠《よ》んで、夫の夜離《よが》れを嘆く歌があります。

ついでに触れておくと、髪を櫛でとかすことを「**梳《けず》る**・髪《かみ》梳る・頭《かしら》梳る」といいます。特に女性は床《ゆか》に届く長い髪なので、手入れがたいへん！　長い黒髪は美人の第一条件だったのですよ。

◆薫物《たきもの》＝香《こう》

◆火取《ひとり》＝香炉《こうろ》

◆伏籠《ふせご》・籠《こ》＝香を薫《た》くのに使う籠《かご》

昔の人は毎日入浴できないので、体臭を香でごまかしました。香りのよい木を粉末にし、それを練《ね》って固めたものを「**薫物**」といいます。その固形の香に火をつけ、「**火取**」という器具（香炉）に入れて、上から「**伏籠・籠**」と呼ばれる籠を伏せ、籠に衣服をかぶせて**香りを焚《た》き染《し》め**ました。

和歌のなかでは、「ひとり＝火取・一人」と「こ＝籠・子」が掛詞《かけことば》、「薫物―火取―籠」が縁語になったりします。道具をセットで理解しておきましょう。

## 神輿《みこし》 ＝ 神霊の乗る乗物

## 御輿《みこし》 ＝ 天皇の乗る乗物

お祭りのときに、ワッショイワッショイと神輿を担《かつ》ぎますね。あれは、神社へ**神様の霊**を運んでいるのです。昔も神社や宮中《きゅうちゅう》の行事に「神輿」を出しました。

昔は「神＝天皇」と考えていたので、**天皇**の乗物も「みこし」といいます。こちらは「御輿」と書きます。行事・儀式のときは、これにお乗りになります。

## ◆牛車《ぎっしゃ》・車《くるま》 ＝ 牛にひかせる乗物

皇族や貴族の正式の外出には牛車が使われました。牛にひかせ、まわりを多くの部下が取り囲んで行列します。牛車の前には簾《すだれ》がかかっています。牛車のさまざまな部分のうち、「轅《ながえ》」「軛《くびき》」は文章中にときどき出ますので、下のイラストで確認だけしておいてください。

牛車は単に「車」ともいいます。また、女性の乗る牛車を「女車《おんなぐるま》」ともいいます。

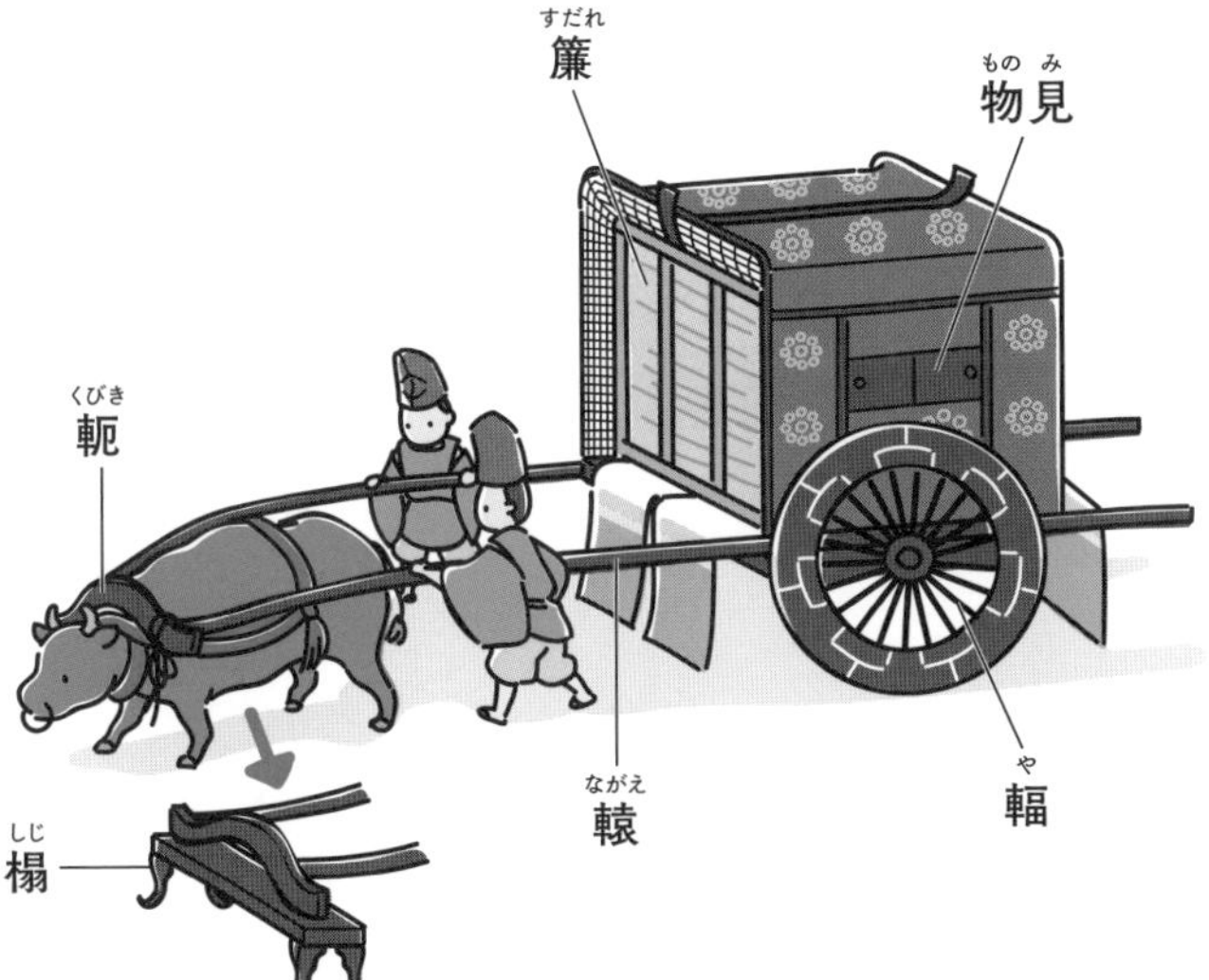

# 第6章

# 宮中行事と教養・娯楽

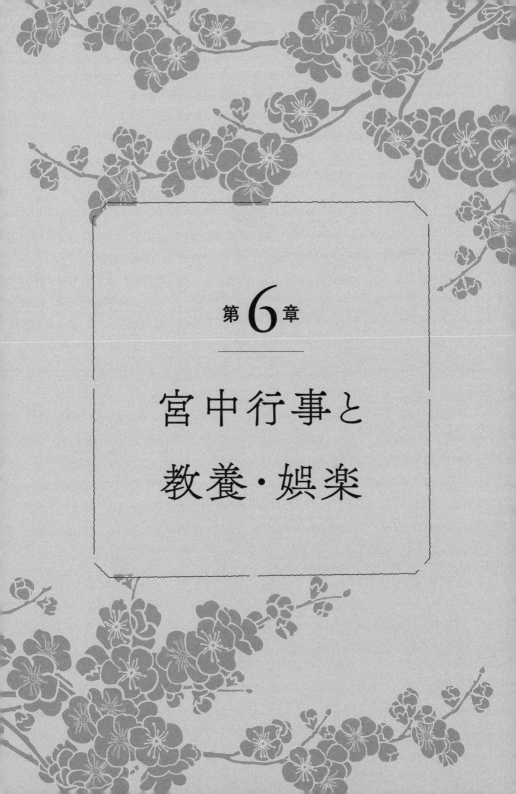

## ❖季節ごとに行われる豪華イベント

宮中《きゅうちゅう》では、一年のうちにさまざまな行事を行いました。辞書や国語便覧《びんらん》などの年中行事に関する資料には、すべての行事が網羅《もうら》されていて、くわしく説明してあります。けれども、文学作品においては脚注を設けて説明してくれるものもありますから、そういう行事は省き、ここでは〝知識がないと読みにくい行事〟に限って説明することにします。

宮中行事のなかに「～節会《せちえ》」と名のつくものがいくつかあります。「節会」は今は節句といいますが、文字どおり季節ごとの祝会です。数多くの節会のなかでも特に文学作品によく出るのは、「白馬節会《あおうまの》」「端午《たんご》節会」「重陽節会《ちょうようの》」「豊明節会《とよのあかりの》」です。初めにこの四つの節会を説明します。これらについては、行う月日、行事の内容、漢字の読みなどを確認してください。

また、節会に続けて、その他の行事も列挙します。

## ◆白馬節会《あおうまのせちえ》＝〔一月七日〕白馬行列を見る・若菜摘《わかなつ》みをする

**一月七日**の日付がポイントです。新年を迎え、この一年が無病息災《むびょうそくさい》であるようにと祈る**年初めの厄除《やくよ》けの儀式**です。

具体的にいうと、この日、宮中《きゅうちゅう》で二十一頭の**白馬**を歩かせ、天皇がそれをご覧になります。馬は精力盛んな縁起《えんぎ》のよい動物と考えられていました。馬のように元気に一年を駆《か》け抜けることができるようにと願ったのですね。「白馬節会」と書いて「**あおうまのせちえ**」と読みます。馬の毛の色は、実際は白ではなく、青みを帯びた灰色でしたので「あおうま」といいました。のちに白馬を用いるようになったため、表記だけを「白馬」と変えたのです。

この日、もう一つ行うのは「**若菜摘み**」です。春の七草を摘んで吸物《すいもの》にして食べます。七草は薬草ですから、やはり一年の健康を願っての行事ですね。のちに七草粥《ななくさがゆ》の風習となりました。

「一月七日・白馬行列・若菜摘み」の三つが白馬節会のキーワードです。『土佐《とさ》日記』には、船旅の途中で、都の白馬節会に想いを馳せる一月七日の記述があります。

## ◆端午節会《たんごのせちえ》＝「五月五日」

今も**五月五日**を端午の節句というのは、この節会のなごりです。現在は男の子のお祭りですが、昔は**長寿祈願**の日でした。

この日、宮中《きゅうちゅう》や貴族の邸《やしき》では、簾《すだれ》や牛車《ぎっしゃ》に「**菖蒲**」を飾ります。昔、病気は物の怪《け》（悪霊《あくりょう》）のしわざと考えられていました（219ページ参照）。菖蒲は薬草の一種だったので、部屋や乗物の出入り口の簾にこれをかけておくことによって、物の怪の侵入を防ごうと考えたのです。「菖蒲」は別名「**あやめ**」ともいいます。文章中はどちらで出てくるかわかりませんので、両方とも知っておいてください。

### 菖蒲《しょうぶ》（あやめ）と薬玉《くすだま》を飾る

同じ日、簾や柱に「**薬玉**」も飾りました。薬玉は字のとおり薬草を入れた玉です。干した薬草や香料を入れて花で飾り、五色の糸を垂《た》らしました。やはり、病気除《よ》けのおまじないです。

「五月五日・菖蒲（あやめ）・薬玉」の三つが端午節会のキーワードです。『徒然草《つれづれぐさ》』に端午節会の記述があります。

## ◆重《ちょう》陽《よう》節《のせち》会《え》＝〔九月九日〕

### 端《たん》午《ご》節《の》会の薬《くす》玉《だま》をはずし、菊を飾る

　昔は、すべての数字を陰《いん》と陽《よう》に分けていました。「九」は陽の数字で、**九月九日**は陽数が重なるので「重陽節会」といいます。昔の季節感でいうと九月は晩秋で、菊の花が美しく咲くころでした。重陽節会は**菊花宴**だったのです。

　この日、宮中《きゅうちゅう》では天皇が宴会を催し、諸臣が漢詩を献上し、菊の花を浮かべた酒を飲みます。また、前日の夜に菊に綿をかぶせておき、翌日露《つゆ》を含んだ綿で体を拭《ふ》きます。**菊の露は老化を防ぐ**と考えられていました。

　重陽節会で最も大切な知識は、**端午節会の「薬玉」をこの日はずし、「菊」に取り替える**ことです。

　薬玉はポプリなので五月五日から九月九日までの約四か月間かけたままにし、九月九日に薬玉をはずして、簾《すだれ》や牛車《ぎっしゃ》に菊花を飾りました。

　ついでにいうと、端午節会の菖蒲《しょうぶ》（あやめ）は生花なので、ふつうは五月五日のうちに取りはずします。しかし、『徒然草《つれづれぐさ》』の作者・兼好《けんこう》法師は、菖蒲をはずすのは無風流《ぶふうりゅう》だとして、枯れた菖蒲も九月九日まで残しておくべきだと書いています。

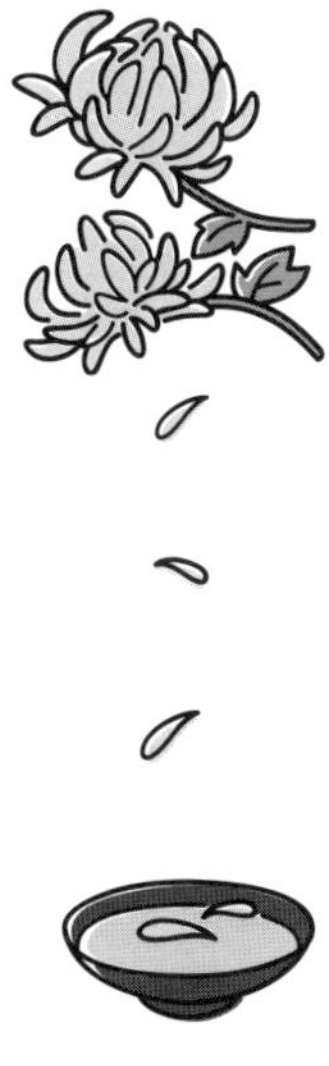

## ◆新嘗祭《にいなめまつり》＝〔豊明節会の前日〕

新米や穀物を天皇が神に供《そな》える儀式

## ◆豊明節会《とよのあかりのせちえ》＝〔十一月中旬〕

五節《ごせち》の舞《まい》が行われる

「新嘗祭」と「豊明節会」は必ずセットで行われる行事です。「豊明」は**収穫祭**で、豊作によって顔が明るくなるところから、この名がつきました。ほかの節会が何月何日ときちんと日付が決まっているのに、豊明節会だけが**十一月中旬**とおおざっぱなのは、その年の暦《こよみ》によって日付が異なるからです。毎年、豊明節会の日取りが決まったら、その**前日**に「新嘗祭」を行います。その年穫《と》れた**新米や穀物を天皇が神に供える儀式**です。神が新しい米を嘗《な》める祝祭なので、新嘗祭といいます。

これは神事なので、厳《おごそ》かな儀式です。

豊明節会の**当日**は、天皇が諸臣を集めて新穀を食す宴会を催し、そのあと「**五節《ごせち》の舞《まい》**」という美少女たちの舞が行われます。舞は数日前からリハーサル（試楽《しがく》）を含め何度か行われますが、天皇が試楽をご覧になることを「**帳台《ちょうだい》の試《こころ》み**」といいます（144ページ参照）。「五節の舞」は、天皇・皇族・貴族だけでなく、**女房《にょうぼう》たちも見る**ことができたようです。

［参考］

◆大嘗会《だいじょうえ》 ＝ 新天皇が初めて行う新嘗祭《にいなめまつり》

新しい天皇が即位なさった年の新嘗祭を「大嘗会」もしくは「大嘗祭《さい》」といいます。文字どおり、大々的に行う新嘗祭のことです。文章中には「大嘗会」のほうがよく出ます。

［参考］

◆小忌《おみ》 ＝ 新嘗祭《にいなめまつり》などの神事に「小忌衣《おみごろも》」を着て奉仕する人

新嘗祭や豊明《とよのあかり》（五節《ごせち》）や大嘗会《だいじょうえ》の神事には、宮中《きゅうちゅう》の役人である公達《きんだち》（貴族の息子）や舞姫たちが奉仕しますが、神の前に出るので、穢《けが》れを避ける「小忌衣」を着ます。この衣は、白い布に山《やま》藍《あい》で模様を青摺《あおず》りし、右肩に赤い紐《ひも》を二本つけたものです。『枕草子《まくらのそうし》』には「五節の舞」の日に、中宮《ちゅうぐう》が女房《にょうぼう》たちにも同じ衣を着させた話が残っています。中宮が洒落《しゃれ》っ気を起こして、女房に小忌の公達や舞姫のまねをさせたのです。

## ◆賀《か》茂《も》祭《のまつり》

＝〔四月〕

**簾《すだれ》や冠《かんむり》や牛車《ぎっしゃ》に葵《あおい》を飾る**

**＊別名「葵祭《あおいまつり》」**

この祭は今も行われています。京都の賀茂神社で行われ、宮中《きゅうちゅう》内の行事ではありませんが、宮中から神社へ勅使《ちょくし》（天皇の派遣する使者）が送られる官祭《かんさい》です。

この日、簾や冠や牛車などに双葉《ふたば》葵を飾りましたので、別名「**葵祭**」といいます。いろいろな文学作品のなかにこの祭の描写があります。**和歌**のなかでは、多くの場合「**あふひ**」が掛詞《かけことば》になっています。一つの意味はもちろん「**葵**」ですね。もう一つの意味は、見物人が群がり多くの人が顔を合わせる日なので、人と人が「**逢《あ》ふ日**」です。

また、都における代表的な祭だったので、文章中に何の説明がなくても、「**祭**」**といえば賀茂祭**を意味します。**四月**に行われました。

『蜻蛉日記《かげろう》』の「このごろは、四月《うづき》、祭見に出たれば…」の「祭」は、この祭のことです。また、「あふひとか…」で始まる和歌には掛詞も使われています。

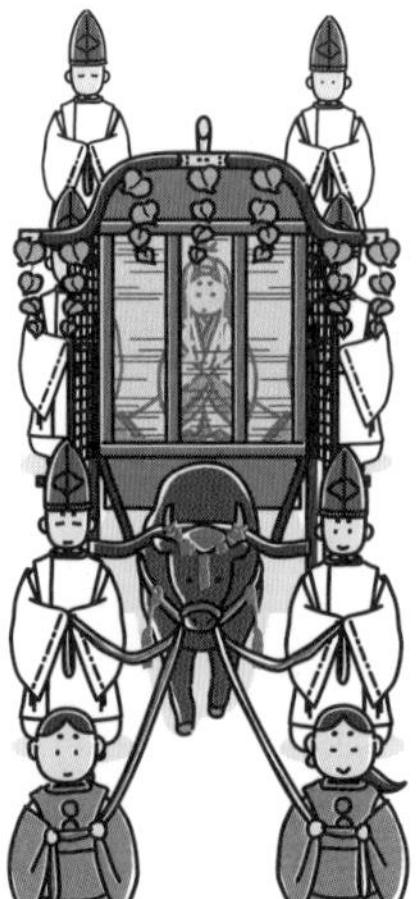

◆御《お》仏《ぶつ》名《みょう》＝〔年末〕一年間の罪を祓《はら》うための宮中《きゅうちゅう》での読《ど》経《きょう》

◆荷《の》前《さき》＝〔年末〕年末の吉日に、歴代の天皇の墓に供《そな》え物をする儀式

◆追《つい》儺《な》＝〔年末〕一年間の災難を追い払う儀式

＊別名「鬼やらい」

**年末の行事**を三つまとめて説明します。

「御仏名」は、文字どおり仏の名を唱えること。**一年の罪を消すために宮中で読経**します。

「荷前」は、天皇が使《つかい》を派遣し、**歴代の天皇の墓**（**十陵八墓**《じゅうりょうはちぼ》）**に供え物をする儀式**です。諸国の貢《みつ》ぎ物を荷なって霊前に供えるので、「荷前」といいます。過ぎた一年の感謝と来《きた》る一年の加護をお願いしたのでしょう。

「追儺」は、字のとおり人についた災難を追う儀式で、ひとりが鬼になり、おおぜいで鬼を追い出します。大晦日《おおみそか》の夜に宮中で行われました。「**鬼やらい**」ともいいます。鬼は舎人《とねり》（108ページ参照）が務めます。現在の節分《せつぶん》は追儺のなごりです。

## ◆除目《じもく》＝〔春と秋〕諸官の任命式

＊県召《あがためし》（春）・司召《つかさめし》（秋）ともいう

地方国の長官（国守《くにのかみ》）の任命式を「**県召**」といいます。国守は、今でいう県知事に当たる人です。「県召」とは、文字どおり「人を召し出してどこそこの県へ行け」と任命することだと理解しましょう。一月（新春）に行われたので、「県召」を「**春の除目**」ともいいます。

一方、都の中央官庁の役人の任命式を「**司召**」といいます。「司」は役人のこと。「司召」とは、「人を召し出してこれこれの司になれ」と任命することだと理解しましょう。九月（秋）に行われたので、「司召」を「**秋の除目**」ともいいます。

「除目」の「目」は「目録」のことです。「除目」とは、文字どおり「前任者を削除して、新任者を目録に記入する」ことで、**人事の入れ替え**を意味します。「**諸官の任命式**」と理解しましょう。『枕草子』には、除目に官職を得られなかった人の家の落胆ぶりがありありと描かれています。期待に胸ふくらませて集まった訪問客が一人去り二人去りして、気の毒で興覚めに見えると書いています。

◆「司召」は、八月（秋）に行われることもありました。

以上が、さまざまな文学作品にとてもよく見られる宮中《きゅうちゅう》行事です。

さて、これから、その他の行事を列挙します。次に記す行事は、現在にも残っているものがほとんどですので、さっと目を通してください。

## ◆四《し》方《ほう》拝《はい》＝【一月一日】天皇が四方の神霊を拝み、国の幸いを祈る儀式

**元日の早朝**、天皇が清涼殿《せいりょうでん》の東庭で、天地四方の神霊を拝礼したのち、先祖の陵《りょう》に拝礼して、その年の国家・国民の平和と豊作を祈願します。現在に続く重要な儀式です。

## ◆上《じょう》巳《し》＝【三月三日】雛《ひな》祭《まつり》

古くは身の穢《けが》れを移した人形《ひとがた》を水に流す行事でしたが、のちに雛人形や調度品を飾り、草餅《くさもち》を供える桃の節句となりました。

「**じょうし**」と読みます。

### ◆賀《か》茂《も》競《のくらべ》馬《うま》＝〔五月五日〕賀茂神社の境内《けいだい》で行う馬の競技

宮中《きゅうちゅう》行事だった競馬《けいば》を、賀茂神社の境内で行うようになりました。賀茂神社は天皇家と深い結びつきがあるので、古文によく出てきます。

「競馬」は「**くらべうま**」と読みます。

### ◆乞《き》巧《こう》奠《でん》＝〔七月七日〕七夕祭《たなばたまつり》。願いごとを「梶《かじ》の葉」に書いて祈る

「乞巧奠」が「七夕祭」であることは、多くの場合は脚注をつけてくれます。今の七夕とほぼ同じ、**彦星**《ひこぼし》（牽牛星《けんぎゅうせい》）が**天**《あま》の**河**《がわ》を渡り、**織女**《おりひめ》（織女星《しょくじょせい》）と**年に一度の逢瀬**《おうせ》を楽しむという伝説にちなんだ行事です。

織物・裁縫《さいほう》・諸芸道の上達や恋愛成就《じょうじゅ》を祈るのも今と同じです。今は紙の短冊《たんざく》に書きますが、昔は「**梶の葉**」に書きました。これを知っておきましょう。『平家《へいけ》物語』の一節「天《あま》の門《と》（天の河にあるという天界の門）を渡る**かぢ**の葉に…」には、「**梶**」の葉と、天の河を渡る舟の「**楫**《かじ》」が掛《かけ》詞《ことば》として使われています。

［参考］

### ◆鵲《かささぎ》の橋《はし》

＝ ①雨夜の七夕《たなばた》に鵲が造る天の河の橋
②宮中《きゅうちゅう》の階段

宮中行事から話がそれますが、七夕祭に関連する用語に「鵲の橋」があります。鵲は実在の鳥なのですが、〝**雨の七夕**の夜には翼を連ねて、増水した**天の河に橋を架《か》け**、彦星《ひこぼし》と織女《おりひめ》の**逢瀬《おうせ》を助ける**〟という伝説があります。和歌に多い表現です。また、宮中を天上《てんじょう》に見立て、「橋」と「**階**《はし》」が同音であることから、「**宮中の御階《みはし》（階段）**」の意味もあります（134ページ参照）。

### ◆仲秋観月《ちゅうしゅうのかんげつ》

＝〔八月十五日〕　月見の宴。芒《すすき》や団子《だんご》を供《そな》える

八月は、陰暦では秋の真ん中です。さらに、十五日が月の真ん中なので、**八月十五日**を「**仲秋**」（「中秋」とも書く）といいます。空気が冴えて満月が最も美しいので、**月見会**をします。

## ✿宮中のおもな年中行事カレンダー

◆文章に出る頻度の高いものから順に説明してきましたが、月別の日付け順に見やすく整理しました。

◆一～十二月の古い呼び名（古称）も漢字・読み方ともに記載しました。表記が漢数字でも古称でも読み方は同じです。

◆季節が今とズレていることも要注意です。一月から三か月ごとの区切りで「春夏秋冬」となります。だから「一月」の初めを今でも「新春」というのですよ。

| | | | |
|---|---|---|---|
| 春 | 一月 | 睦月【むつき】 | ・一日　四方拝《しほうはい》<br>・七日　白馬節会《あおうまのせちえ》<br>・初旬　県召《あがためし》（春の除目《じもく》） |
| 夏 | 四月 | 卯月【うづき】 | ・中旬　賀茂祭《かものまつり》（葵祭《あおいまつり》） |
| 秋 | 七月 | 文月【ふづき】 | ・七日　乞巧奠《きこうでん》（七夕祭《たなばたまつり》） |
| 冬 | 十月 | 神無月【かんなづき】 | |

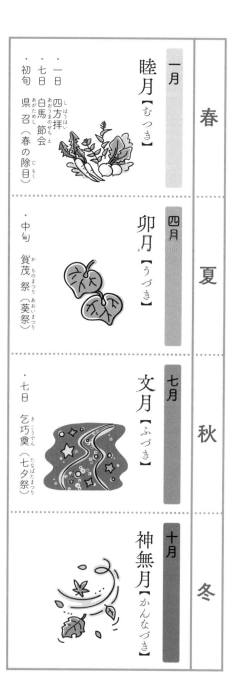

## 二月　如月【きさらぎ】

## 三月　弥生【やよい】

・三日　上巳《じょうし》（雛祭《ひなまつり》）

## 五月　皐月【さつき】

・五日　端午節会《たんごのせちえ》
・五日　賀茂競馬《かものくらべうま》

## 六月　水無月【みなづき】

## 八月　葉月【はづき】

・十五日　仲秋観月《ちゅうしゅうのかんげつ》

## 九月　長月【ながつき】

・九日　重陽節会《ちょうようのせちえ》
・初旬　司召《つかさめし》（秋の除目《じもく》）

## 十一月　霜月【しもつき】

・中旬（前日）　新嘗祭《にいなめまつり》
・中旬（当日）　豊明節会《とよのあかりのせちえ》

## 十二月　師走【しわす】

・年末　御仏名《おぶつみょう》
　　　　荷前《のさき》
　　　　追儺《ついな》

## 閏月《うるうづき》

＝

陰暦では、季節と暦《こよみ》のズレを調整するために、何年かに一度、ある月を二度くり返して十三か月にしました。その余分に加えられた月を「閏月」「のちの月」といいます。また、具体的な月を入れて「閏五月《うるうさつき》」「のちの五月《さつき》」といったりもします。その年は五月が連続二か月あったということで、あとのひと月をそう呼ぶのです。

## 2 平安貴族の教養と娯楽

### ❖ 教養科目もラクじゃない！

皇族・貴族はもちろん、女房《にょうぼう》たちも教養を身につけることを大切にしました。男子のためには大学がありましたが、ここでは、親が息子や娘に授《さず》けた家庭教育について説明したいと思います。

平安時代は、男と女は平等には扱われませんでした。漢字は男性だけが公《おおやけ》に使える文字とし、女性はひらがなを使いました。文学も、男性は漢詩・漢文、女性はひらがなの物語に親しむことになっていました。ただし、和歌だけは、男女に関係なく、すべての平安人《びと》（庶民を除く）に求められた必須の教養でした。和歌の詠《よ》めない人や和歌を解することのできない人は「無風流《ぶふうりゅう》な人」として見下げられます。

文学以外にも、音楽や書道や絵画などの芸術的な教養も身につけました。また、四季折々の草花に目を向けることも忘れませんでした。これらはすべてセンス（感性）を磨《みが》くという点で共通しています。この優雅な都会的センスを「風流心《ふうりゅうしん》」といいます。

また、日常の楽しみとして、さまざまな娯楽もありました。

### ◆大和歌《やまとうた》・三十一文字《みそひともじ》＝和歌

「やまと」は日本、「唐」は中国のことです。だから、和歌を「**大和歌**」、漢詩を「**唐歌・詩**」といいます。和歌は五七五七七なので「**三十一文字**」ともいいました。

平安時代は、政治・文化ともに中国を手本としました。現在の私たちが欧米文化にあこがれて英語を学ぶように、当時の人は学問の一つとして漢詩や漢文を学んだのです。ただ、「女子に正式な学問はいらない」と考えていたので、公《おおやけ》には**漢学は男子だけのもの**でした。漢詩・漢文を合わせて「**文**《ふみ》・**書**《ふみ》・漢籍《かんせき》」といいます。また漢学の知識を「**才**《ざえ》」といいます。

和歌は、学問というよりも、日本人が生まれながらにして持っている繊細な情感、いわゆる「**大和心**《やまとごころ》」を育てるものとして重んじられました。これには男女の区別はありませんので、すべての平安人《びと》が心得を持つように努力しました。五七五七七の字数制限のなかに情景や心情を盛り込まなければならないので、当時の人でも和歌を作るのはかなりたいへんなことでした。そのなかで傑出《けっしゅつ》した才能を持つ人は、プロ（専門の宮廷歌人）として、宮中《きゅうちゅう》に召《め》し抱えられたりします。

### ◆唐歌《からうた》・詩《からうた》＝漢詩

◆**真《ま》名《な》・真《ま》字《な》**＝**漢字**

◆**仮《か》名《な》**＝**ひらがな**

**漢字**を「**真名・真字**」、**ひらがな**を「**仮名**」といいます。「真」と「仮」の字に男女差別が表れていますね。漢字は真の文字で男が使うもの、ひらがなは仮の文字で女が使うものということです。そこで、漢字を「**男文字**」「**男手**」、ひらがなを「**女文字**」「**女手《で》**」ともいいました。この場合の「手」は「筆蹟《ひっせき》」のことです（198ページ参照）。もちろん男子は漢字・ひらがなとも使えるし、ひそかに漢字を学ぶ女子もいたのですが、漢字を重んじ、ひらがなを卑《いや》しめてそう呼んだのです。

## 『土佐《とさ》日記』はナリキリ文学!?

『**土佐日記**』に「男もすなる日記《にき》といふものを女もしてみむとてするなり」という書き出しがあります。作者は**紀貫之《きのつらゆき》**という男性です。当時の男性の日記は漢文で書かれるのがふつうでしたが、貫之は『土佐日記』をわざと**ひらがな**で書きました。日本の繊細な風景や心情を書くのには、ひらがなのほうがよいと考えたのです。が、男が女文字で日記を書くことは当時の社会では受け入れられないことですので、「男もするとかいう日記というものを、女の私もしてみようと思ってするのよ」と、**女が書いたふり**（仮託《かたく》）をしたのです。

貫之は『**古今《こきん》和歌集**』**の撰者《せんじゃ》**（編纂《へんさん》者）となったほどの有名な歌人でした。ふつうの人がすれば奇異なことと非難されることも、有名人がすれば画期的と評判になります。こうして『土佐日記』は評価を受けました。ついでにいうと、『古今和歌集』の序文には、ひらがなで書いた「仮名序《かなじょ》」と漢字で書いた「真名序《まなじょ》」があります。**「仮名序」**は**紀貫之**が、「真名序」は紀淑望《きのよしもち》が書きました。やはり貫之は当時の男性としては珍しく、ひらがなを好んで用いたようです（9ページ⑬参照）。

貫之のひらがな文学確立のおかげで、「私も文学を書いてみよう」と思う女性が増えました。『蜻蛉《かげろう》日記』『和泉《いずみ》式部《しきぶ》日記』『紫《むらさき》式部《しきぶ》日記』『更《さら》級《しな》日記』『枕草子《まくらのそうし》』『源氏《げんじ》物語』などの華々《はなばな》しい女流文学全盛期は、貫之がいなければ起こり得なかったかもしれません。

## 紫式部は清少納言《せいしょうなごん》がユルセナイ！

『紫式部日記』のなかで、**紫式部**は**清少納言**のことを**「真名書き散らす」と非難**しました。紫式部も清少納言も教養深い女房《にょうぼう》で、どちらも漢詩の知識は持っていました。個人的にひそかに勉強したのです。けれども、「漢詩のことは知っていても知らぬふり」が女性の奥ゆかしさと考えられた時代なので、紫式部はその才能をむやみに表に出すことはしませんでした。清少納言が漢詩の知識を公《おおやけ》に出すのを見て、「漢詩の知識をひけらかして」と不愉快だったのです。

## ◆歌合《うたあわせ》＝左右二組に分かれた歌人が和歌の優劣を競《きそ》う催し

「歌合」とは「歌合戦」のことです。現在よく似た形態が残っているのは、暮れの『NHK紅白歌合戦』です。二組に分かれて競うのは同じですが、紅と白ではなく「**左方《ひだりかた》**・**右方《みぎかた》**」に分かれました。各組からひとりずつが前へ出て、一首ずつ和歌を詠《よ》みます。その場で題を与えられて即興《きょう》で作ることもありますが、多くの場合はあらかじめ題をもらって、**当日まで試作を重ね**て最高の和歌を出品したようです。

個人戦で一組（一番）ごとに勝負をつけ、その結果（勝ちの番数）を合計して左方・右方の団体戦の勝敗も決めます。判定する審査員を「**判者《はんじゃ》**」、判定の言葉を「**判詞《はんじ》**」といいます。

歌合は、おもに天皇・院・女院《にょういん》（第2章参照）などの**最高位の人が主催**し、**宮中《きゅうちゅう》**で行われます。両方ともうまくて判者が勝負を決められないときは、判者は**主催者の**「**気色《けしき》**」をうかがいます。この場合の「気色」は「**様子・顔色・意向**」のことです。天皇のご意向は「天気」といいます。

最高位の主催者の前で和歌を詠むのですから、歌合の出場者に選ばれることはたいへん名誉なことでした。選ばれた歌人たちは、**文学的生命**を賭《か》けて優《すぐ》れた和歌を作りました。

［参考］

## ◆当《とう》意《い》即《そく》妙《みょう》 ＝ 場に合う内容の和歌をはやくうまく作ること

「当意即妙」という言葉は古文の文章中にはほとんど出てこないのですが、解説や評論文や脚注に頻繁に使われるので知っておくほうがよいと思います。

「当意」は「意図したものに当たる」ことで、和歌の内容がその場の雰囲気やテーマに当てはまっていることを意味します。「即」は即席・即興《そっきょう》のことですから、スピードがはやいこと。「妙」は妙味《みょうみ》・妙技《みょうぎ》のことで、表現や修辞法に優《すぐ》れていることです。

**ピッタリの内容・はやい・うまい**――この三点が揃《そろ》った和歌が、優れた和歌なのです。

◆正式の歌合などであらかじめ題をもらう場合は、試作してから発表しますので、スピードのはやさは要求されません。

## ◆返《かえ》し・返《かえ》しの歌《うた》 ＝ 返事としての和歌・返歌

和歌は、歌合《うたあわせ》などの公的な場に限らず、日常のオシャレな会話のなかで、あるいは私的な手紙として詠《よ》まれることもありました。

会話や手紙などの**個人的な和歌には返事の和歌を詠むのがマナー**でした。歌のうまさは「当意即妙」といいましたが、返歌の場合は、内容やテクニックもさることながら**スピード**がいちばん大切です。相手を待たせることは失礼で気のきかないことと非難されました。

歌のうまい人は自分で返歌を詠みますが、下手《へた》だったり遅かったりする場合は、ほかの人に代わりに作ってもらいます。いわゆる「**代詠**《だいえい》」です。

## ◆連《れん》歌《が》 ＝ 上句《かみのく》と下句《しものく》をふたりで詠《よ》んで一首《いっしゅ》の歌を作ること

ひとりが上句を詠み、**別の人が下句を付《つ》ける**作法を「連歌」といいます。上句と下句は**掛詞《かけことば》・縁語でつなぐ**ことが多く、修辞法の技法が要求されます。公式の連歌の会もあるし、個人的な手紙や会話でなされることもあります。

◆中世（鎌倉・室町時代）には、数人で行う連歌もあります。

◆ **歌《うた》枕《まくら》**

＝ ①和歌によく詠《よ》まれる名所　②和歌の名所を書き集めた書物

枕は頭を支えるもの。そこから、比喩《ひゆ》的に土台となるものを意味します。「歌枕」とは直訳すると「和歌を作る土台となるもの」のことです。

古くから多くの歌人が好んで詠んだ名所があります。彼らの名歌のイメージを土台にしてアレンジすると、新しい歌が作りやすいですね。また、そういう名所は景色が美しいので創作意欲も湧《わ》きます。だから、**和歌によく詠まれる名所**を「歌枕」といいます。それらを集めた書物を意味することもありますが、文章中にはあまり見ません。参考までに、歌枕と呼ばれる名所には「末《すえ》の松山・逢坂《おうさか》の関《せき》・竜田川《たつたがわ》・吉野山《よしのやま》」などがあります。

こういう美景の場所は都から離れたところに多いので、まれに、遠い地方国へ転勤を命ずる婉《えん》曲《きょく》表現として、「**歌枕見て参れ**」（地方へ行って名所を見てこい）といったりもします。地方国の長官（国守《くにのかみ》）になることは、中流階級の人にとっては喜ばしい出世ですが、高位の人にとっては悲しい**左遷《させん》**です。出世のときは「国守に命ず」と直截《ちょくせつ》表現をすればすみますが、左遷の場合はこういう遠まわしないい方になります。

## ◆遊《あそ》び ＝ ①管《かん》弦《げん》の催し ②和歌・漢詩の催し ③花見の会・月見の会

「遊び」とは、趣味・楽しみのことです。現代の若者から見ると「どこが楽しいの?」と思うような高尚《こうしょう》な趣味ですが、当時の人々にとっては、心楽しい遊びでした。

私たちがコンサートやCDを楽しむように、**音楽**は「遊び」の一つでした。笙《しょう》・篳篥・横笛などの管楽器や琴《きん》・箏《そう》・琵琶《びわ》などの弦楽器を使った「**管弦《かんげん》の催し**」を開きました。

**文学**も「遊び」の一つです。当時は、物語（散文）よりも和歌と漢詩（韻文《いんぶん》）を優《すぐ》れたものと考えました。だから、「**和歌・漢詩の催し**」を、教養深い遊びとして開催します。歌合のような正式の会ではなく、パーティ感覚で行うものをいいます。

**花鳥風月《かちょうふうげつ》**を愛《め》でるのも「遊び」の一つでした。特に、桜の美しい景色で目を楽しませたのです。季節の**花見会**や名月を観る**月見会**は盛んに行われました。

文学作品では、文章中の「遊び」が、具体的にはどんな催しなのかに迷うことがあります。「和歌・漢詩」や「桜花・月」などの根拠が文章中にあれば②や③と考えますが、何も**根拠がないとき**はすべて①の「**管弦の催し**」と判断します。

横笛《よこぶえ》
篳篥《ひちりき》
鼓《つづみ》
箏《そう》
琵琶《びわ》
笙《しょう》
琴《きん》

◆手《て》＝①筆蹟《ひっせき》　②楽器の弾《ひ》き方

和歌・漢詩の文学的教養、管弦《かんげん》の音楽的教養に加え、字が美しいことも貴族の必修教養科目でした。男子は、職業上の書類作成の必要もあって漢字（真名《まな》）も習いますが、女子はおもにひらがな（仮名《かな》）を習います（190ページ参照）。今のように書道教室があるわけではないので、字のうまい人の手紙を手本にしたりしました。

「手」は、人間の体の部分としての手の場合ももちろんありますが、「芸術的な腕前」の意味も持っています。書道では「**筆蹟**（**筆跡**）」、音楽では「**楽器の弾き方**」を意味します。文章中では、「手」が単なる手ではないと判断される場合は、文中に楽器名があれば「楽器の弾き方」と訳しますが、**根拠がないとき**は圧倒的に「**筆蹟**」です。

◆手習《てなら》ひ＝習字

「手習ひ」は書道にしか使わない言葉で、「**習字**」のことです。知っていれば文章が読みやすくなります。

字のうまい人を、古文では「**能筆**《のうひつ》」といいます。今でいう達筆《たっぴつ》のことです。文学作品によく出る能筆の人として、**藤原行成**《ふじわらのゆきなり》（9ページ⑱参照）・**藤原佐理**《すけまさ》は知っておくと読みやすくなります。

## ◆物合《ものあわせ》

＝**持ち寄った物の優劣を二組で競《きそ》う会**

**〈例〉絵合《えあわせ》・貝合《かいあわせ》・根合《ねあわせ》・薫物合《たきものあわせ》など**

おおぜいの人が**左右二組**に分かれていろいろな**物を持ち寄り**、その**優劣を競い合う会**を「物合」といいます。持ち寄る物はそのときどきで変わりますが、パーティ感覚の娯楽として行いました。具体的には「**絵合**」「**貝合**」「**根合**」「**薫物合**」などがあります。

「絵合」は、所有している絵を持ち寄って優劣を競うものです。ちょうど、今のお金持ちが高額で買った絵画のコレクションを競うのと同じです。今は財力の勝負になってしまいましたが、昔は風流を競う優雅な娯楽として楽しみました。当時の絵画は巻き物で、床《ゆか》に多くの絵を広げた様子は、想像するだけでも美しくて華やかですね。

「貝合」は、持ち寄った貝の美しさや珍しさを競います。貝殻を二つに分けてペアを選ぶ遊びもあって「貝おおい」ともいいます。「根合」は、**五月五日**の**端午節会**《たんごのせちえ》（176ページ参照）に、「**菖蒲**《しょうぶ》**の根の長さ**」と和歌を競います。「薫物合」は**香**《こう》（薫物）の匂い競べです（169ページ参照）。「歌合《うたあわせ》」も物合の一種ですが、これだけは娯楽とはいえない真剣勝負だったので、別項でくわしく説明しました（192ページ参照）。

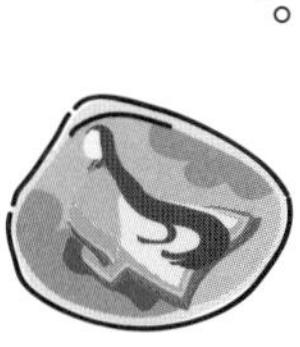

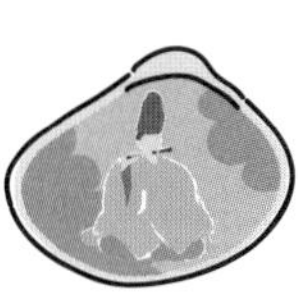

## ◆小弓《こゆみ》・蹴鞠《けまり》 ＝ 男子の娯楽競技

## ◆雛《ひいな》あそび ＝ 女子の娯楽

前項までにあげた項目のほか、日常的な娯楽には「鷹狩《たかがり》」「双六《すごろく》」「囲碁《いご》」「なぞなぞ」「偏《へん》つぎ」「小弓」「蹴鞠」「雛あそび」などがあります。

「鷹狩」は時代劇などで見たことがあるかもしれませんが、飼い馴《な》らした鷹を使って野鳥や小動物を捕える狩りです。皇族・貴族の男性が楽しみました。「偏つぎ」は漢字の旁《つくり》を決めて偏を継ぎ足し、より多くの漢字を完成させたほうが勝ちという遊びです。

列挙したなかで知っておきたいのは、「小弓」「蹴鞠」が**男子**の娯楽競技、「雛あそび」が**女子**の娯楽であった点です。『**とりかへばや物語**』は、

女々《めめ》しい男の子と男勝《まさ》りの女の子の異母《いぼ》兄妹のお話で、父親が「とりかえたぁい」と**男女逆に育てた物語**ですが、兄妹の小さい頃の有名な場面があります。男の子（若君）が「雛あそび」に、女の子（姫君）が「小弓・蹴鞠」に興ずるのですが、娯楽の男女別を知っていると、『とりかへばや物語』の男女逆転の様子が目に浮かびますね。

## ◆雅《みや》び・色《いろ》 ＝ 風流

＊平安貴族の美意識

「雅び」の「みや」は「宮」のことで、宮廷風であることを意味します。簡単にいうと、都会的で洗練された美意識のことです。宮中《きゅうちゅう》は天皇を中心とする高位の人々が多く交わる社交界です。社交界では、服装も会話も恋愛も、すべて上品で優雅でなければなりません。衣装の色合いに気を遣《つか》い、和歌・漢詩・音楽・書道などの教養を身につけ、異性を引きつける魅力や人の心を鋭く見抜く感性も磨《みが》きました。これらすべてに通じる**都会的センス**を、まとめて「**風流心**《ふうりゅうしん》」といいます。「雅び」を「**風流**」と訳すのはそういうわけです。「雅び」の動詞は「雅ぶ」で、「風流だ・都会風だ」と訳します（89ページ参照）。

「色」にはいろいろな意味があります。そのなかに「**風流**」という意味もあります。貴族社会が色華やかだったからでしょう。「色好み」という表現が古文にはよく出てきます。「恋愛上手《じょうず》」という意味もありますが、「風流好み」という意味もあります（29ページ参照）。文章が恋愛話でない場合は、「風流好み」と解釈してください。

このほか「風流だ」と訳す古語には、「**をかし**」「**あはれなり**」もあります。

◆「をかし」「あはれなり」は多義語です。文脈判断してください。

## ❖美しいお月さまのニックネーム

宮中《きゅうちゅう》行事に「仲秋観月《ちゅうしゅうのかんげつ》」がありましたね。また、娯楽としての「遊び」のなかにも「月見会」がありました。平安の人々は、満月の美しさはもちろんのこと、日々の月の満ち欠けを愛《め》でて楽しみました。

そこで、月齢のさまざまな呼び名を説明しておきたいと思います。現代人が日常的に使うのは、毎月の三日目の月を「三日月」、十五日目の月を「満月」ということくらいですね。平安人《びと》は満月のことを「望月《もちづき》」といい、それ以降十六日目から二十日目までの月にいろいろな美しい呼び名をつけました。

一つ一つの呼び名を理解するための前知識として、「月の出・月の入の時刻が、月初は早く、月末に向かうに従って遅くなる」ことを知っておきましょう。206ページの月齢表を見るとよくわかりますから、適宜参照してください。

## ◆望月《もちづき》

＝ 十五日の月・満月

**十五夜満月**を望月といいます。月の形が完全な円を描いていること、月の出と月の入の時刻が見る人にとってちょうど頃合《ころあ》いがよいことから、希望どおりの月という意味で「望月」といいました。

毎月の十五夜満月を望月というのですが、一年のなかでも特別に美しいのは**八月十五日**の望月です。ですから、このときだけは特に大々的に「**仲秋観月**《ちゅうしゅうのかんげつ》」の宮中《きゅうちゅう》行事が催されます（185ページ参照）。

「望月」は比喩《ひゆ》的に「**完全・完成**」を意味する場合もあります。**藤原道長**《ふじわらのみちなが》（8ページ⑥参照）は平安時代に藤原全盛期を築いた人ですが、すべての権力をつかんだ達成感を和歌に詠《よ》みあげました。「この世をば／わが世とぞ思ふ／**望月**の／欠けたることも／なしと思へば」（この世はすべて私の世だと思う。満月のように欠けたことがひとつもないと思うので）と。有名な「望月の歌」で、自らの**治世**《ちせい》**の完成**を高らかに謳《うた》ったものです。

## ◆十六夜《いざよい》月《づき》 ＝ 十六日の月

「いざよう」とは**ためらう**ことです。理想的な時刻に出入りする満月にくらべると、**十六日の月**は少し出入りが遅くてためらいがちに見えるので、「**いざよいづき**」といい、「十六夜」の漢字が当てられました。

『**十六夜《いざよい》日記**』には、タイトルどおり**十六夜月**が文中や和歌中によく出てきます。

## ◆立《たち》待《まち》月《づき》 ＝ 十七日の月

**十七日の月**を「立待月」といいます。月の出がさらに遅くなるので、「まだかな」と縁先に立って待つからこの名がつきました。

## ◆居待月《いまちづき》＝十八日の月

**十八日の月**を「居待月」といいます。「居《い》る」は「**座《すわ》る**」の意味です。月の出がさらに遅くなるので立っているのに疲れ、縁先に居(座っ)て待つのでこの名がつきました。

## ◆寝待月《ねまちづき》＝十九日の月

**十九日の月**はさらに遅く出ます。座《すわ》っているのにも疲れて寝て待つから「寝待月」です。「臥待月」ともいいます。

＊「臥待月《ふしまちづき》」ともいう

十七日・十八日・十九日の三つは「**立**—**居**—**寝**」の順に、だんだん待ちくたびれてズボラになるのだと理解してください。

## ◆更待月《ふけまちづき》＝二十日の月

夜更けまで待ってやっと出てくる月なので、**二十日の月**を「更待月」といいます。

# 陰暦月齢表

図は「月の入り」の形。数字は月の出のおよその時刻を示す。

上《かみ》の弓《ゆみ》張《はり》月・夕月夜（宵月夜）

新月
（1日ごろ）

二日月
（2日ごろ）

三日月《みか》
（3日ごろ）

七日月
（7日ごろ）

八日月
（8日ごろ）

九日月
（9日ごろ）

十日余りの月
（11日ごろ）

十三夜月
小望月《こもち》
（13日ごろ）

下《しも》の弓《ゆみ》張《はり》月・有明月（朝月夜）

望月《もち》
満月
（15日ごろ）

十六夜《いざよい》月
（16日ごろ）

立待《たちまち》月
（17日ごろ）

居待《いまち》月
（18日ごろ）

寝待《ねまち》月
臥待《ふしまち》月
（19日ごろ）

更待《ふけまち》月
宵闇《よいやみ》月
（20日ごろ）

二十日《はつか》余りの月
（22日ごろ）

二十三夜月
（23日ごろ）

## ◆有明月《ありあけづき》＝下旬の月

毎月の**下旬の月**を、まとめて「有明月」といいます。夜遅くに出て、夜明けに沈むので、「夜が明けてもまだ空に有る月」の意味でそう呼びました。

『蜻蛉日記《かげろう》』の一節をある大学が出題して、「本文は月の上旬・中旬・下旬のいつごろか」と問題にしました。本文には何月何日という日付がまったく書かれていません。日付が明記されていない場合、月齢が手がかりですが、本文には望月《もちづき》・十六夜月《いざよい》・立待月《たちまち》などの名称もなく、ただ月が出ているることだけが書いてあります。こうなると、**上旬・中旬・下旬**を知る手がかりは、**月の出入りの早い遅い**しかありません。その目で注意深く本文を見ると、月の出ているときにすでに「夜が明けて」いるのです。これによって「有明月」だと判断して「下旬」を選ぶという、とても手の込んだ問題でした。

参考までに、毎月の上旬の月は、「夕月夜《ゆうづくよ》」「宵月夜《よいづくよ》」といいます。

また、月初も月末も月の形が細く弓なりですが、この形の月は「**弓張月**《ゆみはりづき》」といいます。月初の上弦の月を「上《かみ》の弓張月」、月末の下弦の月を「下《しも》の弓張月」と呼びます。

［参考］

◆晦日《つごもり》＝月末

◆大晦日《おおつごもり》＝年末

「**月末**」のことを古文では「**つごもり**」といいます。もとは「月隠《つきごも》り」だったのが縮まって「つごもり」になりました。206ページの月齢表で月末の月を見てください。十五夜満月（望月《もちづき》）から欠けていき、だんだん細くなりますね。月が姿を隠すように見えるので、「月末」を「月隠り」といい、「つごもり」に略されて「**晦日**」の字が当てられたのです。

一年のなかでも最も大々的な月末は十二月末、つまり「**年末**」ですね。これを「**大晦日**」といいます。今は〝おおみそか〟と読んでいますが、古文では「**おおつごもり**」と読みます。

# 第7章

# 宗教と俗信

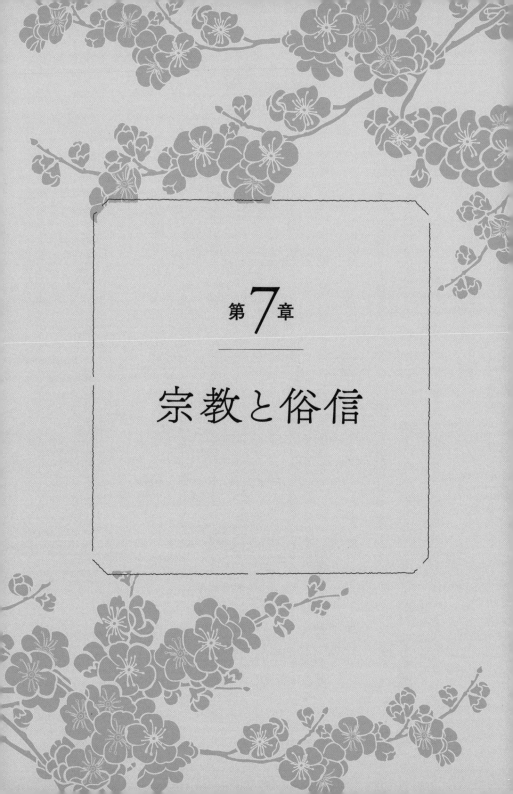

1 仏教

## ❖人生の最終ゴールは極《ごく》楽《らく》往《おう》生《じょう》

平安時代の信仰は、おおざっぱにいうと仏教・神道《しんとう》・陰陽道《おんようどう》の三つに分けることができます。仏教は宗教として、神道は行事として、陰陽道は日常の占《うらな》いの術として、皇族・貴族の間に浸透していました。神道については宗教性はあまり大切ではなく、宮中《きゅうちゅう》や神社の行事（第6章）を知っておくだけで十分ですので、ここでは触れません。また、陰陽道はもともとの宗教性を失って占いや呪術《じゅじゅつ》として根づいてしまったので、別に次項で取り上げます。ここでは、とりあえず格式高い宗教としての仏教について説明します。

仏教信仰は人々の生活に密着していました。彼らはよく読経《どきょう》し、お寺参りに出かけます。病気を治すにも僧を呼んで祈禱《きとう》をしてもらいました。信仰の最終的な目標は「極楽往生《ごくらくおうじょう》」です。だから、皇族も貴族も女房《にょうぼう》たちも、晩年には多く出家《しゅっけ》を望みます。

本来の出家は俗世《ぞくせ》のすべてを断ち切るべきもので、家族さえも捨てて寺や山に籠《こも》ります。が、権力者の出家の場合は、宮中での高い地位や政治権力をそのまま持っている場合もあります。

## ◆無常《む》・常《じょう》ならぬ世《よ》 ＝ この世に永久不滅のものはないという考え

仏教信仰に入る背景に「無常観」という観念（考え方）があります。この世のものはすべて変化し、「**常にあるものは無い**」という考え方です。財産や権力や名誉を手に入れても、人に奪われることもあるし、第一死ねば終わりです。若さや美貌《びぼう》や体力を誇ってみてもいずれ消え去るものですね。**この世には永久不滅のものなど何もない**のです。

「諸行無常《しょぎょうむじょう》」（万物《ばんぶつ》は無常）ともいいます。

この考えに立つ人は、仏のいる世界（極楽《ごくらく》）に安住の幸福を求めて信仰生活に入ることになります。不安定なこの世に宝を貯えるのではなく、永遠不滅の精神世界に宝を貯えようとするのです。

**無常観と仏教信仰は表裏一体**のものです。

## ◆憂《う》き世《よ》 ＝ つらい俗世

無常観に立つと、この世は**生きるにつらい世界**です。名誉や金銭や情愛などのさまざまな欲望が渦《うず》巻く**俗世**を憂《うれ》えて、「憂き世」と呼びました。

◆浮き浮きと楽しむ「浮き世」は、近世（江戸時代）以降の考え方です。

## ◆世《よ》を捨《す》つ・世《よ》を棄《す》つ・世《よ》を遁《のが》る・世《よ》を背《そむ》く・世《よ》を離《か》る・世《よ》を厭《いと》ふ・御《み》髪《ぐし》おろす・頭《かしら》おろす・発《ほ》心《しん》す

＝**出家《しゅっけ》する**

**出家**とは、**俗世間《ぞくせけん》を離れて仏道に専念する**ことをいいます。正式な出家は家族とも縁《えん》を切って寺（仏門）に入ります。が、実際は、ほかにもさまざまな出家のスタイルがありました。寺に属さず山に籠《こも》る**隠遁者《いんとんしゃ》**、そのまま家族と暮らす**在俗《ざいぞく》の僧**、晩年に極楽往生《ごくらくおうじょう》のためだけに**形式的な出家**をする人などです。最後の例は権力者に多く、政界で腹黒い策略にまみれた罪を死ぬ前に浄《きよ》めようとしたり、権力の維持に仏の加護を願ったりしました。

「世な～」の「世」は多義語（30・85ページ参照）ですが、この場合は「俗世《ぞくせ》」を意味します。俗世を「捨つ・棄つ・遁る・背く・離る・厭ふ」は、**俗世に対して拒否感の強い語群**ですね。「**御髪おろす**・**頭おろす**」は頭を丸めること、「発心す」は「仏道心を発《お》こす」と理解します。「出家」を「**受戒《じゅかい》**」「**剃髪《ていはつ》**」「**得度《とくど》**」とする訳語もあります。

ついでにいうと、出家人の地味な僧衣を「墨染《すみぞ》め」「苔《こけ》の衣」「苔の袂《たもと》」などといいます。

### ◆聖《ひじり》・上人《しょうにん》・阿闍梨《あざり》《あじゃり》・僧正《そうじょう》・僧都《そうず》・入道《にゅうどう》

＝高僧

＊「入道」は権力者に多い

「聖」は「**ひじり**」と読みます。聖なる者ということですから、高僧だとわかりますね。「上人」は「**しょうにん**」と読みます。同じ「上人」でも、「**うえびと**」と読むと宮中《きゅうちゅう》の**殿上人**《てんじょうびと》の意味になります（100ページ参照）。前後の文脈や場面に気をつけましょう。

「阿闍梨」は「**あざり**」「あじゃり」と読みます。「闍」の字は、ふだん私たちの使わない字で、いかにもお経に出てくる字（梵字《ぼんじ》）とわかりますね。「僧正」「僧都」は「正」「都」の字に位の高さが表れています。

「入道」は「仏道に入る」ことです。「**入道**」と名のつく人は**権力者**であることが多く、もともと身分の高い人です。ほとんどが形式的な出家《しゅっけ》で、**位や政治権力**をそのまま持っています。たとえば「入道后宮《きさいのみや》」は「出家した中宮《ちゅうぐう》」のことです。また、**藤原道長**《ふじわらのみちなが》や**平清盛**《たいらのきよもり》も「入道殿」と呼ばれました。（8・9ページ⑥⑳参照）。

ついでにいうと、高僧ではない**一般の僧**をまとめて「**大衆**《だいしゅ》」といいます。

## ◆前世《ぜんぜ》・先世《せんぜ》・先《さき》の世《よ》＝この世に生まれる前の世

## ◆現世《げんぜ》・今《いま》の世《よ》＝この世・現在の世

## ◆来世《らいせ》・後世《ごせ》・後《のち》の世《よ》＝死後の世界

＊「後の世」は多義語

仏教思想では、肉体は死んでも魂は生き続けると考えます。現在生きている世を「**現世**」、生まれる前に同じ魂が別の肉体（動物を含む）に宿っていた時期を「**前世**」「**先世**」といいます。

現世の幸不幸は、前世の行いが原因の結果で、それに応じた報いを受ける**因果応報**《いんがおうほう》と考えて、前世の罪を浄《きよ》めるために仏を信心《しんじん》します。

現世で仏を信心した魂は、死後に**極楽**《ごくらく》に導かれ、**仏として生まれ変わり**ます。これが「**極楽往生**《おうじょう》」です。逆に、悪業をなした者は、奈落《ならく》（地獄）に落ちます。死後の世界を「**来世**」「**後世**」といいます。「来世(後世)を願う」とは、極楽往生を願うことです。

往生できずに、魂が「前世・現世・来世」の「**三世**《さんぜ》」をめぐることを**輪廻**《りんね》といいます。

◆「後の世」には「後世《こうせい》」の意味もあり、仏教性の有無を文脈判断します。

## ◆西方浄土《さいほうじょうど》

**＝ 極楽浄土《ごくらくじょうど》**

仏教では、**西の方角**の遥《はる》かかなたに、阿弥陀仏《あみだぶつ》のいる**極楽浄土**があると信じています。だから、極楽浄土のことを「西方浄土」ともいいました。極楽浄土は、文字どおり極《きわ》めて楽しく浄《きよ》らかな土地のことです。仏を信じた者だけが、死後ここに導かれると信じていました。

---

ついでにいうと、仏教信者の**臨終**《りんじゅう》のときには極楽から仏が迎えにきて、極楽浄土に救い導くと考えていました。仏のお迎えを「**来迎**《らいこう》」、極楽浄土への導きを「**引摂**《いんじょう》」といいます。臨終を迎えた人の体を西向きに横たえて、僧や親族が経を唱え、仏のお迎えを祈ります。

◆ **菩《ぼ》提《だい》 ＝ ①悟《さと》りの境地　②極《ごく》楽《らく》往《おう》生《じょう》**

人間の欲望や苦悩を「**煩悩**《ぼんのう》」といいます。煩悩から脱出し解放されることを「**解脱**《げだつ》」といい、解脱と同時に訪れる平安な悟りの境地を「**菩提**」といいます。釈迦《しゃか》が樹の下でこの境地に到達した話は有名ですね。悟りを得た樹ということで菩提樹と名がついたのです。

生きているうちに煩悩を解脱すると、「**悟りの境地に入る**」といういい方になります。また、死んで極楽浄土《じょうど》に入れば、そこはまったく悩みのない至福《しふく》の世界ですから、極楽も「悟りの世界」といえます。だから、「菩提」には、「**極楽往生**」の意味もあります。

◆ **本《ほ》意《い》 ＝ ①極《ごく》楽《らく》往《おう》生《しょう》を願うこと　②本来の希望や目的**

「本意」は**仏教用語**で「本来の意志」のことです。仏教信者の本来の志《こころざし》は「**極楽往生を願うこと**」ですから、①の訳があります。

また、広く一般的な意味では、「まえまえからの**希望や目的**」の意味に使われます。前後の文脈をよく見て決めましょう。

## ◆蓮台《れんだい》・蓮《はちす》の台《うてな》

＝**極楽往生《ごくらくおうじょう》**

**極楽往生**のことを「蓮台・蓮の台」ともいいます。蓮は泥のなかに根を張って、水上でまっ白な花を咲かせます。人間も俗世《ぞくせ》という泥にまみれた罪のなかに生き、仏を信じて、死後天上《てんじょう》の世界でまっ白な純潔の存在になりますね。だから、比《ひ》喩《ゆ》的に「蓮台・蓮の台」というのです。この語は和歌や漢詩にもよく出てきます。

極楽往生することを「**蓮の台に乗る**」といいます。この表現も知っておいてください。みなさんは仏像の足元に蓮を型どった台座（蓮華座《れんげざ》）があるのを見たことはありませんか。あるいは、お葬式の祭壇の横に蓮の造花が置いてあるのを見たことがあるかもしれません。すべて、極楽で仏になることを意味しているのです。

極楽往生には**九つの階級**があると信じられていました。これを「**九品蓮台《くほんれんだい》**」といいます。その九つの階級を大きく三つに分けて「上品《じょうぼん》―中品《ちゅうぼん》―下品《げぼん》」といいます。「品」とは階級のことです。極楽で最高の階級に生まれなおすことを、「**上品《じょうぼん》上生《じょうしょう》に生まれる**」といいます。

## ◆宿世《すくせ》・契《ちぎ》り ＝ 宿命

＊「契り」は多義語

今は宿命といいますが、古文では「宿世」といいます。前世《ぜんぜ》・現世《げんぜ》・来世《らいせ》の三世に宿る不可思議な力ですね。「**すくせ**」と読みます。

「契り」はもとは契約を意味し、「①約束 ②親しい仲・深い仲 ③**宿命**」の三つの訳を持つ多義語です（22ページ参照）。「宿命」は、仏が人間に対して一方的に決めた約束です。「契り」の場合は、前後の文脈を見て訳を決めます。

## ◆道《どう》心《しん》 ＝ 仏道心

読んで字のとおり、仏道を修《おさ》めようと思う心のことです。ところで、出家《しゅっけ》の意志があっても、**仏道心**が心から湧《わ》き起こらないことがあります。大学に行きたいと思っていても、やる気が起こるかどうかは別問題というのと同じです。その場合は「**道心つき給へ**」（仏道心よ、ついてください）と仏に祈ったりもします。また、道心を保つためには誘惑のない山林などの**静かな環境**に身を置くべきだと、兼好《けんこう》法師は『徒然草《つれづれぐさ》』に書いています。

## ◆行《おこな》ふ・行《ぎょう》ず

＝①修《しゅ》行《ぎょう》する　②勤《ごん》行《ぎょう》する

礼拝《らいはい》して**読経**《どきょう》や**写経**などをすることを「行ふ」「行ず」といいます。内容的には同じことをするのですが、**出家した人**《しゅっけ》の場合は仏道を修《おさ》めることに専念するので「**①修行する**」といい、俗世《ぞくせ》にいる**一般の信徒**の場合は一定の時間を当てて勤めるので「**②勤行する**」といいます。

また、諸国をめぐって修行することを「**行脚**《あんぎゃ》」といいます。脚・を使う修行・ですね。さらに、諸国の人々に仏の教えを遊説《ゆうぜい》してまわることを「遊《ゆ》行《ぎょう》」といいます。

## ◆物《もの》の怪《け》

＝**悪霊**《あくりょう》

*「物の気《け》」「物の故《け》」の表記もある

昔は、原因のわからない不幸は悪霊（死霊《しりょう》・生霊《いきりょう》）のしわざと考えていました。**悪霊**を「物の怪」といいます。特に、**病気**は「物の怪」が憑《つ》いたと考えました。薬草を調合する医者「薬師《くすし》」もいましたが、病気の背後にいる物の怪を退治《たいじ》する祈禱《きとう》を重んじました。物の怪を退治することを「**調伏**《ちょうぶく》」といいます。

## 加持《かじ》＝病気や災難を取り除くために物《もの》の怪《け》を調伏《ちょうぶく》する祈禱《きとう》

物の怪を**調伏**するために、修験者《しゅげんじゃ》（次項参照）を呼んで**祈禱**をしてもらいます。この祈禱を「加持」といいます。「**寄りまし**」という人に**物の怪を乗り移らせ**て、物の怪の意志を語らせ、うまく退治《たいじ》します。高位の人の病気には、多くの修験者を集めて加持祈禱をさせ続けました。加持をしても悪霊《あくりょう》が立ち去らないことを「**物の怪強《こわ》し**」といいます。

## 験《げん》《しるし》＝加持《かじ》の効きめ

「験」は「**げん**」とも「**しるし**」とも読みます。一般的な意味では「**効きめ・効果**」と訳します。現代人がこの字を使うのは〝試験・実験〟ですね。勉強の効果を試すのが試験、頭で組み立てた理論の実際の効きめを確かめるのが実験ですから、「験」の字の根本的な意味は同じですね。「験」が**仏教的**に使われると、「**加持の効きめ**」と訳します。

## 験者《げんざ》＝加持を行って病気を治す者・修験者《しゅげんじゃ》

加持の験（効果）を表し、病気を治す修行をした者を「**験者**」といいます。

## ◆籠《こも》る ＝ 祈願のために寺に泊まり込む・参《さん》籠《ろう》する

宮中《きゅうちゅう》の人々、特に貴族の女性や女房《にょうぼう》たちは、ときどき**お寺参り**をしました。ふつうは日帰りではなく何日か**お寺に泊まり込み**ます。寺に籠りきりになるので「籠る」といいます。

女房たちがよく参籠したお寺には、**鞍馬寺**《くらまでら》（京都）・**石山寺**《いしやま》（滋賀）・**長谷寺**《はせ》（奈良）などがあります。これらの寺に参籠する場合には、寺に依頼して**局**《つぼね》（控えの部屋）を予約します。部屋といっても仏前に屏風《びょうぶ》や几帳《きちょう》を立てて仕切っただけのものです。そこに香《こう》や盥《たらい》や手水《ちょうず》を用意し、一晩じゅうお経を読んだりします。参籠のときには「**御燈**《みあかし》」と呼ばれる灯火《ともしび》と「**證**《あかし》（**証**《あかし》）**文**《ぶみ》」と呼ばれる願いごとの文を仏に奉《たてまつ》るのがふつうです。

宮中の女性はふだんはめったに外出しません。都の外に出るチャンスは、お寺参りくらいしか名《めい》目《もく》がありませんでした。だから、よほどの悩みごとで願《がん》かけに行く場合は別として、たいていは、お寺参りを観光旅行のように楽しんでいました。お寺のなかでの勤行《ごんぎょう》は真剣ですが、行き帰りの道中《どうちゅう》は**レジャー気分**だったと思ってください。近江《おうみ》（滋賀）の石山寺へ参るときなどは、琵琶湖が近いので舟遊びに興じることもありました。

## ◆庵《いおり》・草庵《くさのいおり》《そうあん》

＝①**粗末な仮小屋** ②**僧や隠遁者《いんとんしゃ》などの住むささやかな家**

草や木で造った**粗末な建物**を「庵」「草庵」といいます。俗世人《ぞくせびと》が庵を使う場合は、ふつうは住居としてではなく、農作業のための仮小屋です。「苫屋《とまや》」ともいいます。

一方、**俗世を捨てた人**の場合は、人里離れた山奥に**住居**として庵を建てます。世捨て人のなかには、出家《しゅっけ》した僧もいるし、僧ではないけれど俗世を嫌って隠れ住む人もいます。こうして山奥に籠《こも》ることを「**籠居**《ろうきょ》」といいます。**鴨長明**《かものちょうめい》は出家ののちに、**日野山**に方丈（一丈〈約3m〉四方）の庵を建て、『**方丈記**《ほうじょうき》』を書き記しました。

## ◆閼《あ》伽《か》棚《だな》

＝**仏に供《そな》える水や花を置く棚**

庵の縁先などに「閼伽棚」を置き、**仏に水や花**を供えました。「閼」と「伽」は、いかにも経文《きょうもん》の字（梵字《ぼんじ》）ですから、仏教用語とわかりますね。

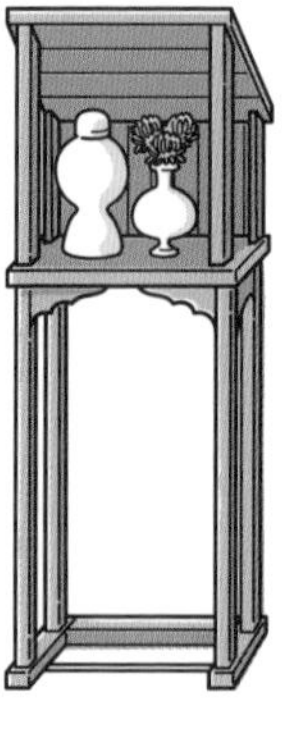

## ❖空前絶後の占《うらな》いブーム

陰陽道《おんようどう》はもとは万物《ばんぶつ》を体系的に説明しようとする宇宙理論でした。難しい理論なので覚える必要はありませんが、軽く解説しておくと、万物は60組の組み合わせで動いているという理論です。まず、宇宙を造っている「五行《ごぎょう》」（5つの構成要素）を、それぞれ「陽《よう》」（積極的なもの）と「陰《いん》」（消極的なもの）の2種類に分けて、「十干《じっかん》」（5要素×2種類＝10とおりの分類）を考え出しました。この「十干」に、みなさんもおなじみの「十二支《じゅうにし》」を組み合わせて、60組の干支《えと》を考え出し、その組み合わせで宇宙を説明したのです。また、これを暦《こよみ》（年月日）・時刻・方角・順序を示す記号としても使いました。

陰陽道は中国では宗教や哲学へと発達しますが、日本では占い（易学《えきがく》）として定着しました。当時は何をするにも吉凶《きっきょう》占いをして日取りや時刻を決めたのです。外出や引越しは凶の方角を避けて移動しますし、凶日には仕事を休んでお経を唱えます。日常の吉凶だけでなく、政治の方針も占いで決めます。そのため、宮中《きゅうちゅう》には陰陽師《おんようじ》という占いの専門家がいました。こうした俗信《ぞくしん》的風習のいろいろを説明しましょう。

◆**陰陽師**《おんようじ》《おんみょうじ》

＝**陰**《おん》**陽**《よう》**博士**

＊**天文・暦**《こよみ》**・方位などにより吉凶**《きっきょう》**を占**《うらな》**う人**

宮中《きゅうちゅう》に陰陽道のことを専門にする陰陽寮《りょう》という役所がありました。天文・暦・方位・時刻・気象などを扱う役所です。この役所には「陰陽師」という占い専門の博士がいて、さまざまなデータをもとに、国家の政策や権力者の個人生活のいろいろな事柄の**吉凶占い**をしました。

陰陽師には超能力が備わっていると考えられていました。自然の変異（天変地異《てんぺんちい》）から近い将来を予知し、これから起こりそうな吉凶を天皇に報告もしました。また、「**式神**《しきがみ》」という変幻自在《へんげんじざい》の神を自由に使う術《じゅつ》も持っていて、予言の成就《じょうじゅ》の確認に走らせたりします。

---

宮中は勢力争いの激しい政界ですから、さまざまな謀略が渦《うず》巻いています。場合によっては、ライバルが互いに陰陽師を使って呪詛《じゅそ》（呪《のろ》い）をかけることもあります。呪いの文字を器の底に書いて、蓋《ふた》として邸《やしき》の床下や通り路《みち》に埋めたりするのです。陰陽師は超能力により、呪いの品の隠し場所を察知して、相手の呪術を解くこともしました。

古文で最も有名な陰陽師は**安倍晴明**《あべのせいめい》です（9ページ⑲参照）。

◆わが国の陰陽学としての「陰陽」は「おんよう」もしくは「おんみょう」と読みます。中国の宇宙理論は「いんよう」と読みますが、こちらは平安文学には出てきません。

## ◆十二支《じゅうにし》＝子《ね》・丑《うし》・寅《とら》・卯《う》・辰《たつ》・巳《み》・午《うま》・未《ひつじ》・申《さる》・酉《とり》・戌《いぬ》・亥《い》

十二支は、日本では方位や時刻や暦数《れきすう》を示す記号として使われました。まずは「子・丑…戌・亥」の十二の順序と漢字を確認してください。

### 古時刻はこうして算出する！

十二支の各時刻を割り出すのに、辞書や便覧《びんらん》には「子＝23時～1時」「丑＝1時～3時」などと幅で説明してありますが、それをいちいち参照するのはたいへんです。十二支のうち「**子**」と「**午**」だけを暗記して、あとは次に述べる算出法を使ってその場で考えたほうが簡単です。

まず、「**子＝0時**」と**中心時刻**を暗記してください。昔の時刻は二十四時間を十二支で表したのですから、〈24÷12＝2時間単位〉で呼び名が変わります。「子＝0時」のあとは「丑＝**2時**・寅＝**4時**・卯＝**6時**…」と中心時刻を**二時間ずつ増やす**だけです。

「**午＝12時**」も暗記します。今でも正午・午前・午後とこの字を使っていますね。「午＝12時」のあとは「未＝**14時**・申＝**16時**・酉＝**18時**…」と先ほどの要領で二時間ずつ足すのです。

もし「○時～×時」と幅で考えるなら、それぞれの**中心時刻にプラス・マイナス一時間の幅**です。「子＝0時」を幅で示すと、「23時～1時」ですね（227ページ古時刻参照）。

また、各時刻の二時間幅をさらに四等分して、

「一《ひと》つ・二《ふた》つ・三《み》つ・四《よ》つ」といいます。〈2時間÷4＝30分〉なので、「**一つ＝30分単位**」と覚えます。たとえば、「子《ね》一つ＝23時〜23時30分」「子二つ＝23時30分〜0時」「子三つ＝0時〜0時30分」「子四つ＝0時30分〜1時」ですね。「**丑《うし》三つ＝2時〜2時30分**」は特に文章中によく出ます。寅の刻（3時）で日付が変わる直前だからです。

宮中では、太鼓の数で時刻を知らせました。また、夜半の間は、近衛府《このえふ》の係官が清涼殿《せいりょうでん》の南庭で一刻ごとに声を上げて奏上《そうじょう》しました。

## 古方位は円を描いて割り出す！

古方位は、くるりと円を描き、円周上に区切りを入れて十二分割します。**円の真上**が「**子**」で、**右まわり**に「丑・寅…戌・亥」の順です。これに**東西南北を配置**すれば、方位は一目瞭然《いちもくりょうぜん》です。

たとえば、「未の方位」を割り出したい場合なら、心のなかで「子・丑…」と唱えながら、鉛筆を順に移動させて「未」の位置だけを確かめればすみますね。

◆十干《じっかん》＝甲《こう》《きのえ》・乙《おつ》《きのと》・丙《へい》《ひのえ》・丁《てい》《ひのと》・戊《ぼ》《つちのえ》・己《き》《つちのと》・庚《こう》《かのえ》・辛《しん》《かのと》・壬《じん》《みずのえ》・癸《き》《みずのと》

十干そのものは重要ではありませんが、十二支と組み合わせて**暦《こよみ》に使った**ことは理解しておきましょう。たとえば、228ページの「庚」は十干、「申」は十二支ですね。

## 古時刻

午前0時頃を「子」の刻とし、以下、十二支を配して数えた。一刻＝2時間単位である。さらに一刻を四等分して「一つ・二つ・三つ・四つ」という。一つ＝30分単位である。

| 十二支 | 中心時刻 | 時間幅 |
|---|---|---|
| 子 | 0時 | （23～1時） |
| 丑 | 2時 | （1～3時） |
| 寅 | 4時 | （3～5時） |
| 卯 | 6時 | （5～7時） |
| 辰 | 8時 | （7～9時） |
| 巳 | 10時 | （9～11時） |
| 午 | 12時 | （11～13時） |
| 未 | 14時 | （13～15時） |
| 申 | 16時 | （15～17時） |
| 酉 | 18時 | （17～19時） |
| 戌 | 20時 | （19～21時） |
| 亥 | 22時 | （21～23時） |

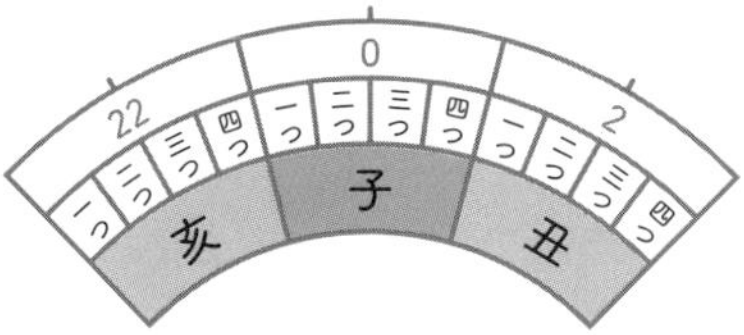


注：円で時刻を示しているのは視覚的に理解するためである。

## 古方位

方位を十二等分して、北を「子」とし、右まわりに十二支を配した。中間はたとえば北東を「うしとら」といった。

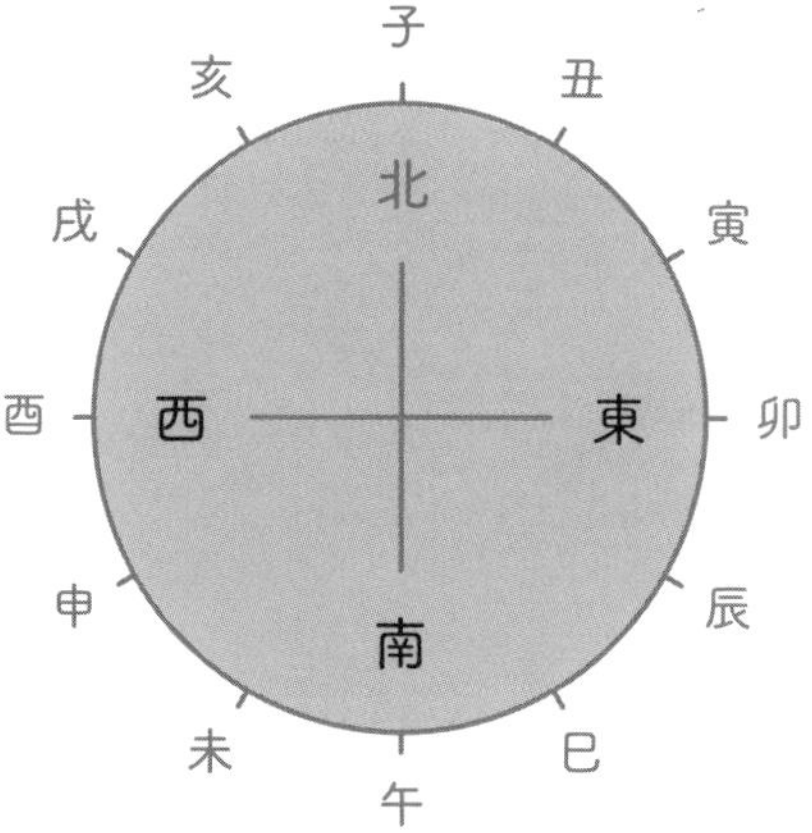

## ◆庚《こう》申《しん》＝凶日《きょうじつ》の一つ。庚申の夜には体内の虫がその人の悪事を神に告げるという俗信《ぞくしん》がある。それを避けるために宮中《きゅうちゅう》で徹夜の催しをする

昔は十干十二支《じっかんじゅうにし》の組み合わせで暦《こよみ》を作りました。暦には吉日《きちじつ》・凶日があって、凶日には身を慎《つつし》みました。いろいろな凶日のなかに「庚申の日」というのがあります。十干の「庚」と十二支の「申」が組み合わさった日を「庚申」といい、六十日に一回めぐってきます。

人間の体内には生まれたときから三尸《さんし》という虫がいて、庚申の夜には眠っている人の爪《つめ》の先からこの虫が出てきて、神様にその人の悪事を告げ口するという俗信がありました。神様がその悪口を鬼籍《きせき》という死者の名簿に記しておいて、その人の寿命《じゅみょう》を決めると信じていたのです。

だから、当時の人々は「庚申」の夜は一睡もしません。天皇・中宮《ちゅうぐう》をはじめ大臣から女房《にょうぼう》まで宮中で一緒に徹夜をし、三尸の虫が悪口をいわないように呪文《じゅもん》を唱えました。また、眠くなるのを防ぐために**詩歌《しいか》や管弦《かんげん》の遊び**などを催します。

「庚申」の虫の俗信については、ふつう脚注が出ます。**徹夜の催し**をすることは知っておいてください。

## ◆物忌《ものいみ》

### ＝凶日《きょうじつ》に悪運を避けるため部屋に籠《こも》って読経《どきょう》などをすること

庚申《こうしん》の日以外にも、**忌《い》むべき日**（身を慎《つつし》むべき凶日）が年に何回もあります。全員に対して決まっている凶日ばかりではなく、その人その人によって違う忌むべき日もありました。暦《こよみ》の運勢《うんせい》のよくない日や、悪い夢を見た日、また死人などの穢《けが》れに触れたりしたときなどです。

こういう凶日には、自分にも人にも禍《わざわい》を及ぼさないために、外出も人に会うこともやめて、一日じゅう**部屋に籠って読経**などをして身を浄《きよ》めました。これを「物忌」といいます。もしも凶日が何日も続く場合はその日数、眠らずに物忌を行います。物忌の日は、仕事を休んでもよいことになっています。

「御・物忌」と敬称がついた場合は、**高位の人物**の物忌です。高位の人がひとりで物忌をすることはなく、お仕《つか》えしている人々も一緒に勤行《ごんぎょう》します。大臣などの高官は自分の邸《やしき》のなかでこれを行います。宮中《きゅうちゅう》で「御物忌」をするときは、おもに**天皇のための物忌**です。宮中で働く人々は**宿直**して、みんなで天皇を禍から守りました。最低でも二十四時間、長ければ数日続きます。読経は多くの人が**交代**で途切《とぎ》れないように行いました。

## ◆方《かた》塞《ふた》がり ＝ 進む方角に神がいて行くことができないこと

**方角にも吉凶**があります。陰陽道《おんようどう》では、天一神《なかがみ》という神様が東西南北をくるくるまわっていて、**神のいる方角へは行ってはならない**としました。

これを「方塞《ふた》がり」といいます。文字どおり、行こうとする方角を神に塞《ふさ》がれるということです。

## ◆方《かた》違《たが》へ ＝ 方《かた》塞《ふた》がりのため方角を変えて泊まること

行きたい方角が「方塞がり」の場合は、方角をいったん変えます。たとえば北が方塞がりのときは、北東などの方角へ出るのです。昔は旅館がないので**知り合いの家**に泊めてもらい、神様が別の方角へ動くのを待ちました。**方角を変えて泊まる**ことを「方違《かたたが》へ《え》」といいます。

「方違へ」を頼まれたら**快く泊めてご馳走《ちそう》する**のがマナーでした。また、旅に出るときは、無事を祈って道祖神《どうそしん》に「**幣**《ぬさ》」を捧げました。

## ◆厄年《やくどし》

**＝凶運の年齢**

**＊その一年は身を慎《つつし》む**

一生の間《あいだ》に災難が集中するといわれる年齢があり、これを「厄年」といいます。**物《もの》の怪《け》**（悪《あく》霊《りょう》）につけ込まれやすい年で、仕事で失敗したり**病気**になったりしやすいと考えました。大胆な行動や無理をやめて、ふだんよりも**信心《しんじん》深い生活**を心がけます。厄年は今もありますが、昔の人は現代人よりもずっと深刻に受けとめました。厄年の年齢は時代によって異なるため脚注が出ますので、知る必要はありません。

## ◆夢《ゆめ》＝啓示・お告げ

＊夢に現れた者が自分に伝えようとするメッセージ

夢に人や神仏が出てきた場合、その人や神仏が**自分に何かを訴えようとして現れた**のだと考えました。

たとえば、夢にある**異性**が出てきたら、その人が自分に恋心を伝えようとしているのだと考えたのです。これは現代とはまったく逆の発想です。今なら自分がその異性を意識していて、その深層心理が夢に表れたと考えますね。ところが昔の人は、相手のほうが自分を恋い慕って、**夢のなかにまで会いにきた**と解釈するのです。ちょっとオメデタイ考え方だと思いますが、当時の人にとって夢は「**啓示・お告げ**」だったのです。

同じ考え方によって、**神仏**や**高位の人**が夢に現れた場合も、自分に何かを告げようとしているのだと解釈しました。尊敬すべき方《かた》の**夢のお告げは絶対である**と考えて、夢のとおりを実行します。「なぁんだ、夢か」ですます現代人とは、この点においても違っています。

ただし、夢に現れた人が恨《うら》み言《ごと》や呪《のろ》わしいことを語る場合は、**物の怪**《もののけ》（悪霊《あくりょう》）のしわざだと考えました。こういう悪夢を見たときは、**読経**《どきょう》や**お祓い**《はらい》をして呪いを解きます。

## ◆夢《ゆめ》解《と》き・夢《ゆめ》合《あ》はせ・夢《ゆめ》占《うら》＝夢で吉《きっ》凶《きょう》を判断すること

自分の見た夢が何を啓示しているのかわからない場合は、**人に夢を語り**、判断してもらいます。身近な人に話すこともありますし、占《うらな》い師《し》に相談することもあります。「夢解き」は夢を解き明かすこと、「夢合はせ」は夢を考え合わせること、「夢占」は夢を占うことで、どれも**夢の解読**を意味していますね。

昔の人は何かにつけて**吉凶**を気にしました。その夢が吉夢か凶夢かをはっきりさせたうえで、凶夢（悪夢）の場合は**読《ど》経《きょう》**や**お祓《はら》い**をしたのです。

## ◆占《うら》・卜《うら》＝占《うらな》い

占いを「**うら**」といいました。漢字の読みが今と少し違いますね。

もともと「うら」とは**陰《かげ》に隠れた部分**を意味します。ちなみに、「うら」と読む字には「**裏・浦・心・占**」があります。「裏」は表に対する陰の部分、「浦」は海が陸地に入り込んだ部分、「心」は人間の奥深くの目に見えない部分、そして「占」は素人《しろうと》には見えない運勢《うんせい》…という意味で、四つとも語源は共通しているのです。

---

**夢**を占うことは前項で話しました。それ以外にも、**政治**のことや**儀式の日取り**なども占います。日常的なレベルでは、髪の毛を洗ってもいい日なのか、爪を切ってもいい日なのかなどと、些細《ささい》なことでもいちいち占いに頼りました。

占いにはいろいろな方法がありました。鹿《しか》の骨や亀《かめ》の甲羅《こうら》を焼いて裂け目の形で占ったり、街角に立ってたまたま聞こえた人の言葉で占ったりもしました。

## ◆相人《そうにん》

＝人相《にんそう》で吉凶《きっきょう》を判断する人

**人相**を見てその人の将来や運命を予知する人を「相人」といいます。

古文で有名なのは、『**源氏物語**《げんじものがたり》』の〈桐壺の巻《きりつぼのまき》〉に出てくる「**高麗の相人**《こまのそうにん》」です。桐壺帝（天皇）は、息子である**光源氏**《ひかるげんじ》が幼いときから類《たぐい》まれな才能を示すことに驚いていました。ちょうどそのころ、高麗（朝鮮）から人相見《にんそうみ》が来ていたので、ひそかに源氏の人相を見てもらいます。

高麗の相人は「帝《みかど》になるはずの人相がおありだが、帝になられると世が乱れるかもしれない。かといって臣下《しんか》として終わる方《かた》の人相ではない」と、複雑な判断をしました。帝は世の乱れを心配し、源氏を皇太子にも親王《しんのう》にもせず、**臣籍に下す**《しんせきにくだす》ことにしました（60ページ参照）。

こうして源氏は臣下となり、天皇の位に就《つ》くことはありませんでしたが、桐壺帝の死後、冷泉帝《れいぜいてい》の気遣《きづか》いによって「**准太上天皇**《じゅんだいじょうてんのう》」（院に準ずる立場）という異例の地位に就きます。これが、高麗の相人のいった予言「天皇であって天皇ではなく、臣下であって臣下ではない」の成就《じょうじゅ》なのです。

◆『源氏物語』はフィクション（虚構）です。実際の宮中には「太上天皇（63ページ参照）」は存在しますが、「准太上天皇」という位はありません。

# 索引

# キーワードで味わう平安時代

## 人物＆できごとガイドつき常識事典


| | |
|---|---|
| 著 | 荻野文子 |
| デザイン | chichols |
| 装丁イラスト | 慧子 |
| 本文イラスト・図版 | 熊アート、水野 玲 |
| 編集協力 | 高木直子、はしプロ（大橋直文）、オルタナプロ |
| 企画編集 | 八巻明日香 |

本書は、『マドンナ古文常識217』（初版1995年発行、パーフェクト版2024年2月第1刷発行）を加筆・再編集したものです。